一個人漂泊的日子

②

高木直子◎圖文

陳孟姝◎譯

目 次

第 14 回

開始當早餐服務生

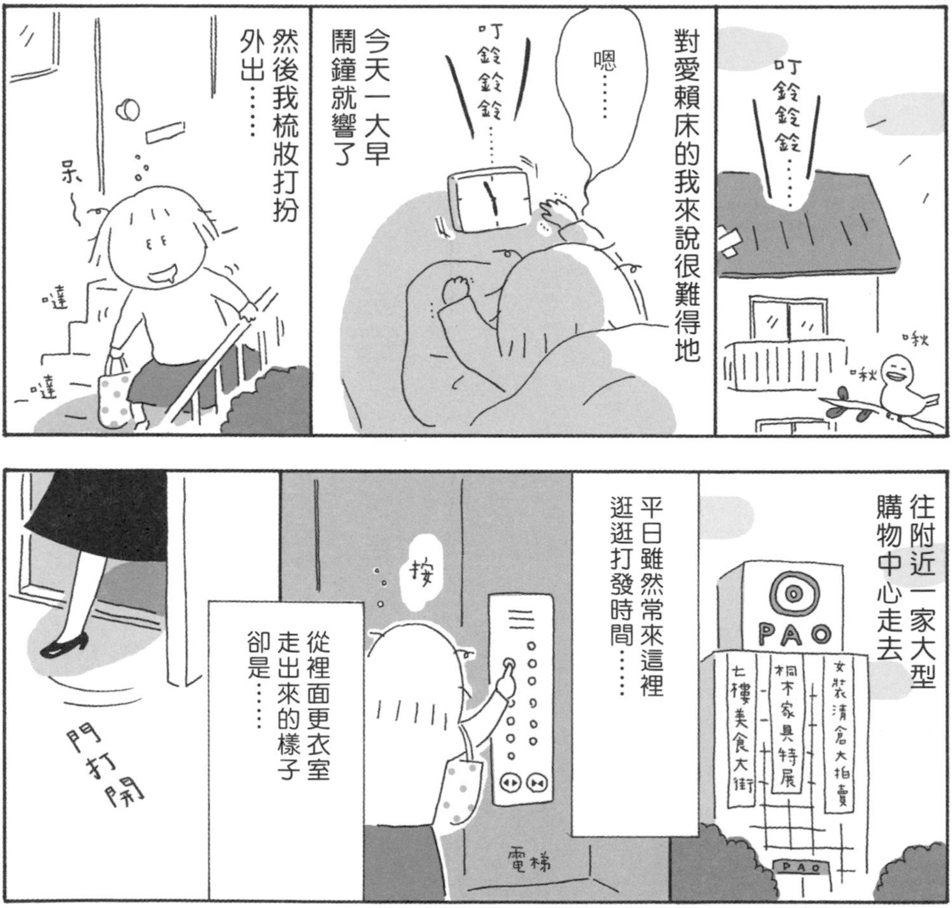
叮鈴鈴鈴……
啾
啾
對愛賴床的我來說很難得地
嗯……
叮鈴鈴鈴……
今天一大早鬧鐘就響了
然後我梳妝打扮外出……
呆
噠
噠
往附近一家大型購物中心走去
PAO
女裝清倉大拍賣
桐木家具特展
七樓美食大街
PAO
平日雖然常來這裡逛逛打發時間……
按
電梯
從裡面更衣室走出來的樣子卻是……
門打開

鏘～鏘
哇
轉圈
事實上這家購物中心的樓上是一家商務旅館
PAO HOTEL
FRONT
早～
早……早安您好
噗通噗通
從今天起我開始早餐服務生的打工
廚房
果然，第一天還是很緊張……
緊張
緊張
早……早安～
嗯?!妳這傢伙是新人嗎？
瞪……
是……是的。
驚
噫～
那裡有位臉很可怕的廚師
喂，小島!!快點教新人怎麼做事～
好的～
初次見面
發抖發抖
同樣是打工同伴的小島小姐
早上一來，首先先看看預約表確認好今天的預約人數～
今天有15個人喔～
預約表
COFFEE
嗡～
在這裡放好咖啡豆子之後按下開關

一整排
湯 麵包 沙拉 咖哩 甜點
MILK MILK MILK
果汁和牛奶放在這個冰箱裡
盤子都在這裡請記好種類和位置唷！
早餐的會場在這個房間
已經七點了這個看板可以拿走了
現在準備中 敬請稍候
忙東忙西準備當中第一位早餐客人蒞臨了
早啊～
早安！
客人會帶著早餐券來吃飯……
早餐券 日式和食 請於早上7:00～9:00使用本餐券 PAO HOTEL
這張是日式和食餐券
然後跟廚房說
哦～
和食一份麻煩你了!!
擺々放
這時候也要把盤子準備好
快要做好的時候要去盛飯……
喂～
做好了～
是
熱氣
然後端出去給客人工作就完成了!!
讓您久等了～
如果點了飯後咖啡一起端出來
擺々放

西式早餐券
就複雜了點……
早餐券
西式
請於早上7:00～9:00
使用本餐券
PAO HOTEL
雞蛋作法分為
炒蛋、荷包蛋和蛋包
請問您要哪一種？
十分
流利
我要炒蛋
我要蛋包
飲料有咖啡、
紅茶、橘子汁、
番茄汁、牛奶~
那麼請給我們
橘子汁和奶茶
聽完以上的點餐
然後告訴廚房……
一份炒蛋
一份蛋包
擺好盤子
準備麵包和飲料
麵包一下
就烤好了
要注意
不要焦掉
一面烤2分鐘
另一面1分鐘
滋滋
知道了！
讓您久等了
這是蛋包套餐……
另外一份
是炒蛋套餐
怎樣？
開始習慣了嗎？
嗯~
好像有點……
而且，還有一種
早餐券是
法國吐司……
早餐券
法國吐司
請於早上7:00～9:00
使用本餐券
PAO HOTEL

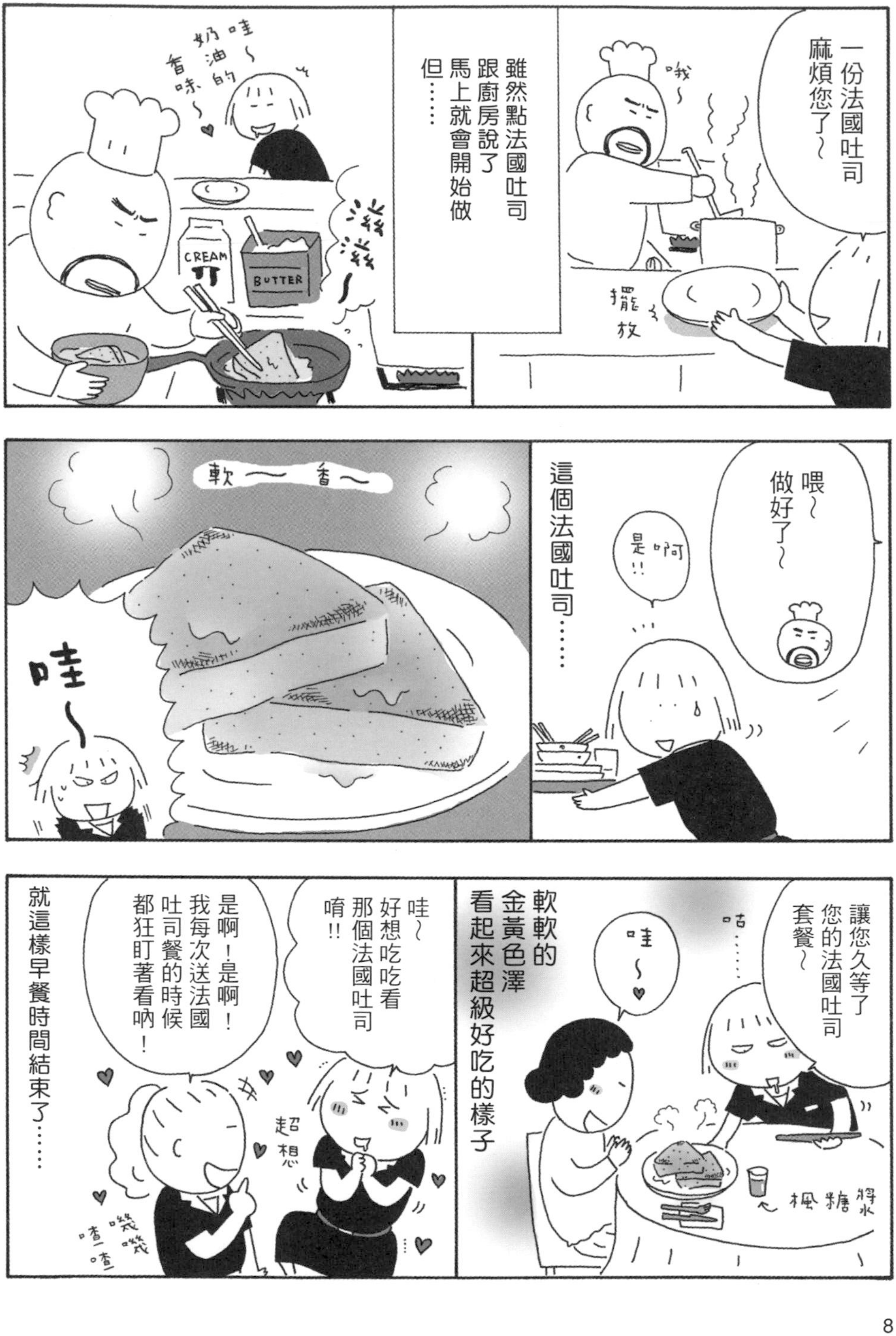

一份法國吐司 麻煩您了~
哦~
擺放
雖然點法國吐司 跟廚房說了 馬上就會開始做 但……
哇~ 奶油香味的~
CREAM
BUTTER
滋滋~
喂~ 做好了~
是啊!!
這個法國吐司……
軟—— 香~
哇~
讓您久等了 您的法國吐司套餐~
咕……
哇~
軟軟的 金黃色澤 看起來超級好吃的樣子
楓糖漿
哇~ 好想吃吃看 那個法國吐司唷!!
超想
是啊!是啊!我每次送法國吐司餐的時候 都狂盯著看吶!
嗞嗞 嗞嗞
就這樣早餐時間結束了……

接下來是整理工作
嗡~~
洗碗機
嘩啦
嘩啦
喀啦
喀啦
喂~飯做好了~
好的
哦
對的!接著是打工最讓人開心的地方就是員工餐時間……♡
熱氣
熱氣
喔哇~♡
嗯~真好吃
嚼
嚼
已經好久沒有這樣好好吃一頓飯了!!
蛋軟綿綿的~
原來如此~高木小姐是一個人住呀~
住在自己家
桃山先生做的員工餐向來都很好吃~
也有不同廚師做的日子嗎?
嗯~早餐的廚師基本上是每天輪流~
桃山先生
事實上隔天去上班就發現跟昨天不同的廚師先生
早安
鬆垮~
陳內先生

乍看之下跟昨天好像沒有什麼太大的差別……
法國吐司早餐一份
哦~
法國吐司早餐做好了~
放
啊
好~的……
嗯ㄙ
使眼神
跟昨天的比起來比較乾癟？
眼神交談
點頭
嗯……員工餐也是昨天的比較好吃一點~
好像都已經冷掉了……
仔細地比較了一番確實是感覺昨天整體的水準比較高……
是吧是吧！
員工用餐時間
那個人……雖然臉很可怕但是做菜卻很在行~
嗯
陳內先生的菜感覺好像沒有什麼足夠的愛
非常毒舌
雖然這樣東比西評的今天也是吃得肚子飽飽的……
啊，高木小姐這個麵包是多的妳可以帶回去吃
咦
可以嗎!?
2片
沒關係，沒關係妳就帶回家當點心吃吧！
哇~~好棒~
飯店的麵包耶~
而且還拿到了小禮物今天的打工結束了

這個打工在中午前就會結束
回去時會順道去逛樓下的商店
5F
家居雜貨
啦啦♪
老是吃涼拌的東西
不太用到鍋子……
歡迎光臨
既然已經決定了打工的地方那麼就買點什麼吧～♡
Lovely kitchen
SALE
心情上稍微放鬆了一點
很開心地隨處亂晃……
然後買了一直想買的
兩個大盤子
對了
既然收到了麵包
我也來做做看
法國吐司吧！
嘿
然後用這盤子裝起來!!
……因此回家之後
就照自己看到的方法
試著做法國吐司
滋～
軟糊糊～
焦
……
這是理所當然的
果然還是廚師
才是做菜的
高手呀～
嗯……
就連陳內先生做的看起來也相當好吃了……

接著 隔天
叮鈴鈴鈴
叮鈴鈴鈴
嗯~
這個早上的打工……
糟糕了要遲到了!!
砰
因為要早起，非常困難……
但是離家近……
早安~
早
10分鐘到達
大家早!!
啊 今天是桃山先生……
時薪也還可以……
這是您點的法國吐司~
熱呼~
桃山先生的法國吐司果然是很漂亮~
而且還可以填飽我的胃袋……
嗚哇~今天的員工餐是牛肉咖哩!!
主廚的牛肉咖哩耶~
不是說過菜色也會有變化嗎？
謝謝，我吃飽了!!
嗯
因為很喜歡就持續做了好一陣子♡

吃完員工餐
要解開腰帶的圖……
呃
很痛苦
打嗝

第 15 回
時薪 3000 圓的夜生活工作 ?!

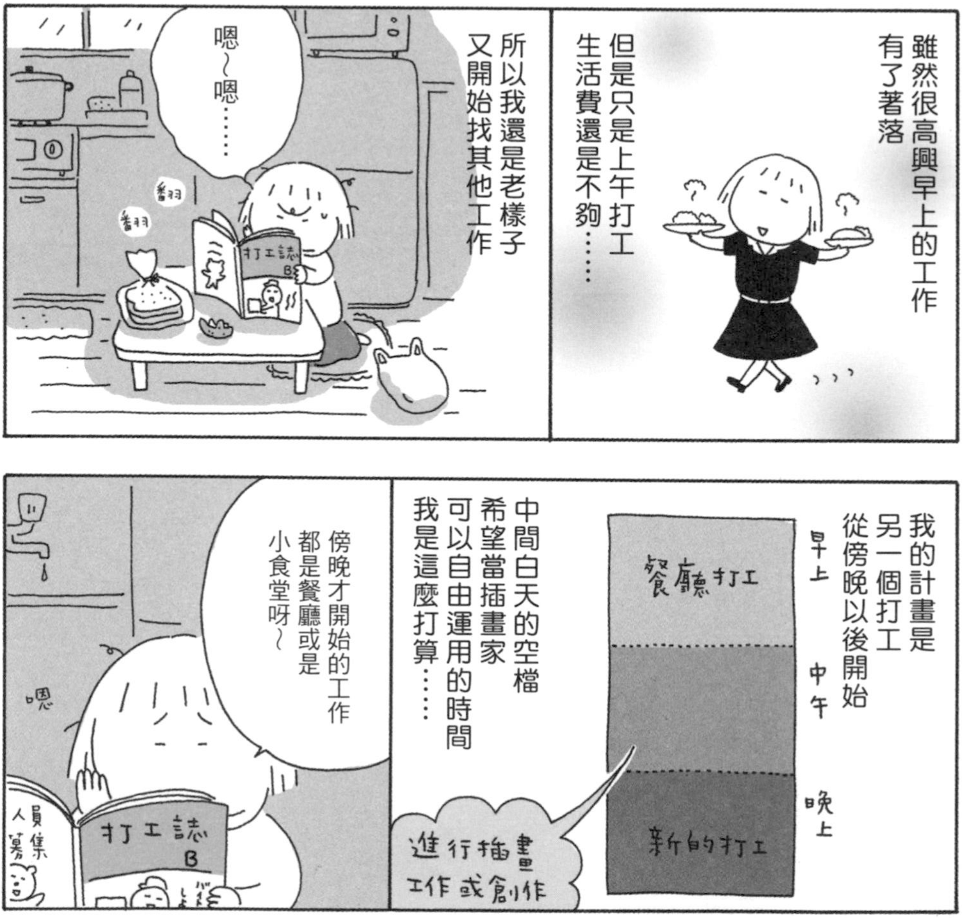

雖然很高興早上的工作有了著落
但是只是上午打工生活費還是不夠……
所以我還是老樣子又開始找其他工作
嗯~嗯……
翻
翻
打工誌 B
我的計畫是另一個打工從傍晚以後開始
早上
中午
晚上
餐廳打工
新的打工
中間白天的空檔希望當插畫家可以自由運用的時間我是這麼打算……
進行插畫工作或創作
傍晚才開始的工作都是餐廳或是小食堂呀~
嗯
打工誌 B
人員募集

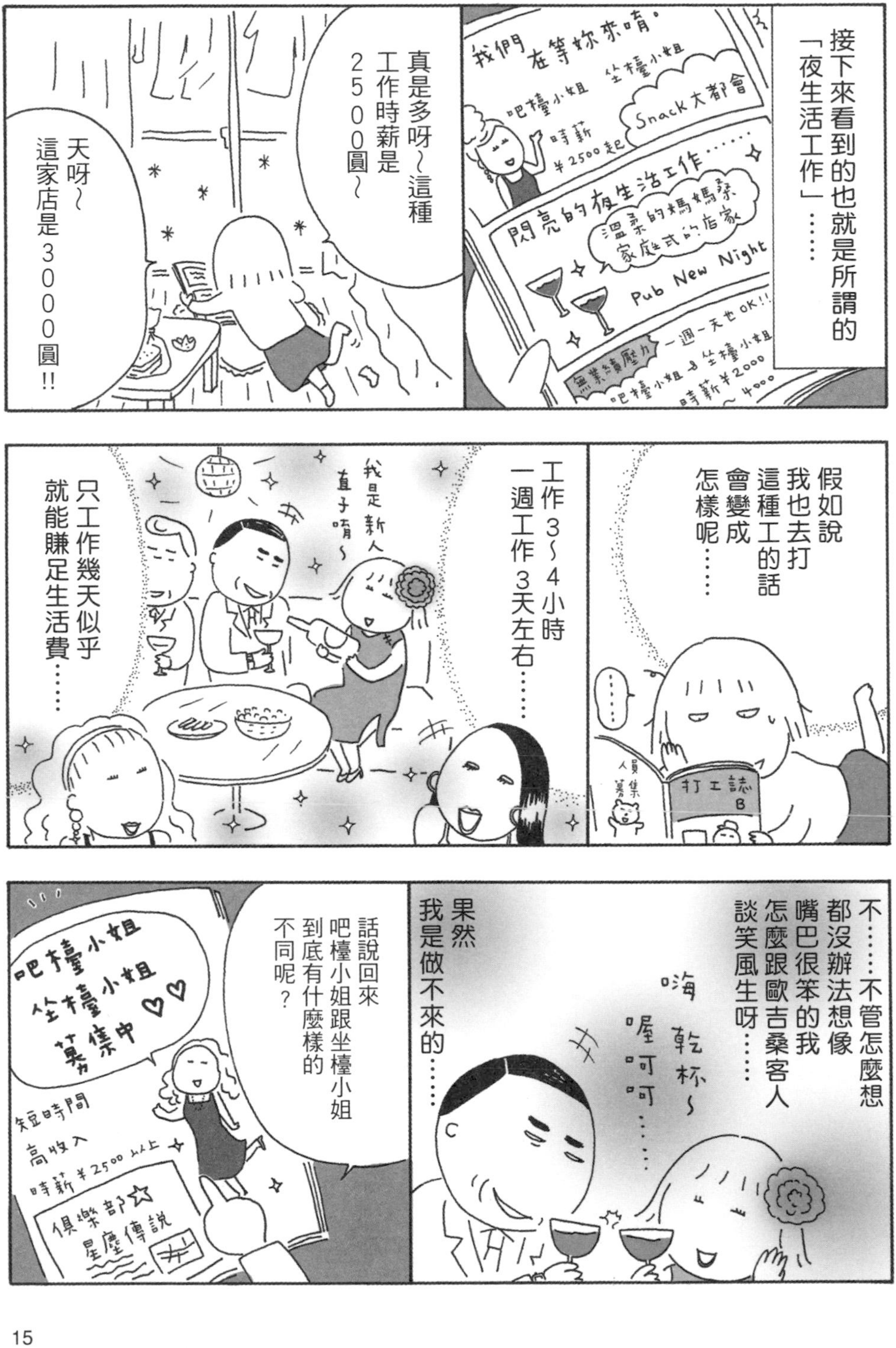

接下來看到的也就是所謂的「夜生活工作」……
我們在等妳來唷。
吧檯小姐 坐檯小姐
Snack大都會
時薪¥2500起……
閃亮的夜生活工作……
溫柔的媽媽桑 家庭式的店家
Pub New Night
一週一天也OK!!
無業績壓力
吧檯小姐⇒坐檯小姐
時薪¥2000～4000
真是多呀～這種工作時薪是2500圓～
天呀～這家店是3000圓!!
假如說我也去打這種工的話會變成怎樣呢……
……
打工誌 B
人員募集
工作3～4小時 一週工作3天左右……
我是新人直子唷～
只工作幾天似乎就能賺足生活費……
不……不管怎麼想都沒辦法想像嘴巴很笨的我怎麼跟歐吉桑客人談笑風生呀……
嗨 乾杯～
喔呵呵……
果然我是做不來的……
話說回來吧檯小姐跟坐檯小姐到底有什麼樣的不同呢？
吧檯小姐 坐檯小姐 募集中
短時間
高收入
時薪¥2500以上
俱樂部☆星塵傳說

坐檯小姐是
來玩嘛～
唷喔～
必須是要坐在沙發上接待客人……
可以被摸
吧檯小姐的話
歡迎光臨
來杯波本酒
就是在吧檯後面調酒的人……大概是這樣吧！
不用被摸
如果我做不來坐檯小姐
噗通噗通
吧檯小姐的話努力點去做搞不好可以……
人員募集
打工誌B
時薪2500圓……
噹噹噹～
紀錄片★大出擊～
噗通
噗通
……剛好這時候電視上開始播放
鏘～
都會女性們秘密的甜美陷阱!!
追擊酒小姐們的世界!!
啪～
在銀座高級俱樂部中上班的A小姐23歲
月收入80萬圓住在都內最高級的大廈外出搭乘高級轎車
A小姐

一旦開始這種生活
就無法再降低
自己的生活品質
其他的工作對我來說
薪水都太低了～
哦呵呵～
這些女性當中
為了業績第一名
展開相當激烈的
爭奪戰
瞪
瞪
瞪
她是工作第二年的
B小姐20歲
原本我是為了唸大學
才來東京
一開始只是為了賺點
零用錢才開始打工……
B小姐
漸漸地打工的工作
變成了重心
連大學也休學
不去了……
你還會再來嗎？
工作中的B小姐
這件事情
我到現在都還瞞著
爸爸媽媽
想到早晚有一天
要告訴他們
但是卻老是
說不出口來……
咦～
電視機
果然～
還是
太可怕了～
紀錄片★大出擊 完
鏘～
我不想陷入
都會的甜美陷阱
裡呀!!
覆去
翻來

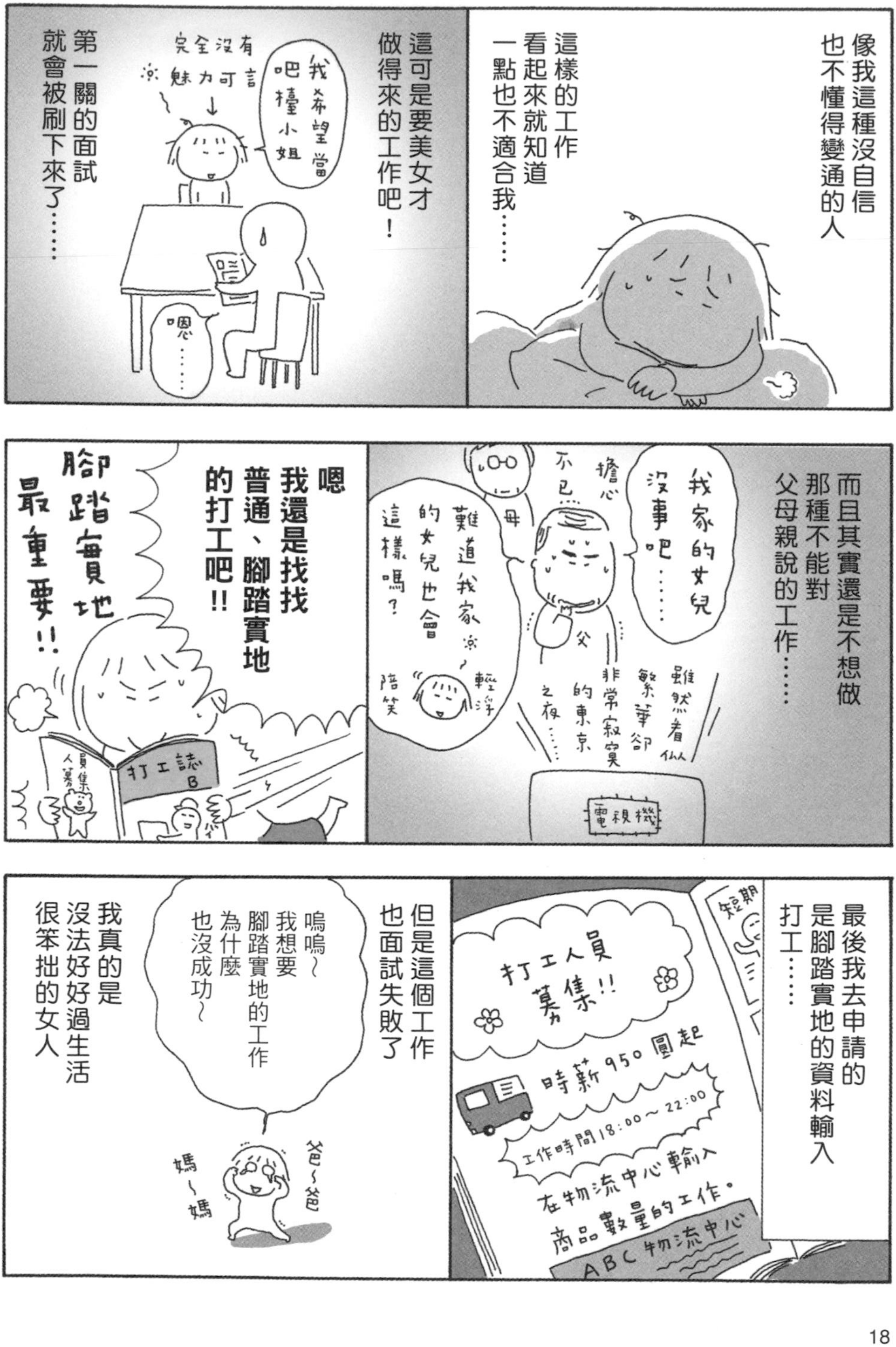

像我這種沒自信
也不懂得變通的人
這樣的工作
看起來就知道
一點也不適合我……
這可是要美女才
做得來的工作吧！
我希望當吧檯小姐
完全沒有魅力可言
嗯……
第一關的面試
就會被刷下來了……
而且其實還是不想做
那種不能對
父母親說的工作……
我家的女兒沒事吧……
擔心不已
母
父
難道我家的女兒也會這樣嗎？
輕浮
陪笑
雖然看似繁華卻非常寂寞的東京之夜……
電視機
嗯
我還是找找
普通、腳踏實地
的打工吧!!
腳踏實地最重要!!
打工誌 B
人員募集
最後我去申請的
是腳踏實地的資料輸入
打工……
短期
打工人員募集!!
時薪950圓起
工作時間18:00～22:00
在物流中心輸入
商品數量的工作。
ABC物流中心
但是這個工作
也面試失敗了
嗚嗚～我想要腳踏實地的工作為什麼也沒成功～
爸～爸
媽～媽
我真的是
沒法好好過生活
很笨拙的女人

我在街上散步時
曾經被夜生活工作的人
搭訕過……
新宿
要不要來我店裡體驗一下~工作？
咦？
雖然只有一次
當然沒去

第 16 回

難如登天的資料輸入

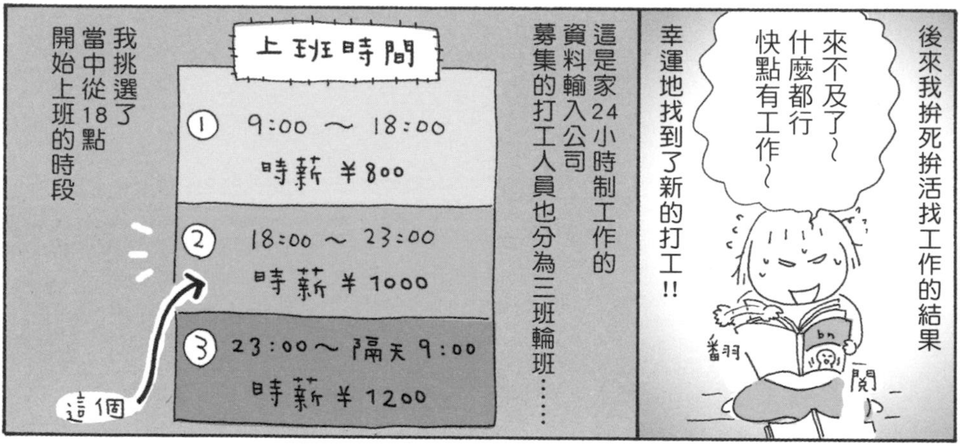
後來我拚死拚活找工作的結果
來不及了~什麼都行快點有工作~
幸運地找到了新的打工!!
翻閱
這是家24小時制工作的資料輸入公司募集的打工人員也分為三班輪班……
上班時間
① 9:00 ～ 18:00 時薪 ￥800
② 18:00 ～ 23:00 時薪 ￥1000
③ 23:00～ 隔天 9:00 時薪 ￥1200
我挑選了當中從18點開始上班的時段
這個

那麼各位同事從今天開始就請多多指教!
社員先生
麻煩你們了~
有幾位同時期開始打工的同伴……
社內還有其他很多工作人員在進行著看起來似乎很難的輸入工作
噠噠
嗶

竟然錄用了對電腦不太熟悉的我呀……
雖然覺得有點不可思議……
沒問題嗎……
各位同事你們要輸入資料的電腦平時不太常見是這種機種
sun
這是靠鍵盤輸入指令操作的作業是有點特殊的操作方式，請大家慢慢熟悉使用方法吧
原來是使用不一樣的機器來工作不管是哪位打工者都得從頭學起
來！妳跟這位，妳跟那位來學怎麼操作
是……
啊……好的……
請……多多指教~
請多指教
點頭
習慣之前會覺得有點困難但是慢慢地就會記得怎麼用了~
打工的前輩 長崎小姐
首先要輸入線條的時候要輸入指令“edit feature arc”
"edit feature arc"
可省略打成
"e f arc"
sun
然後要連接數條線條封閉起來連成一個Polygon
（POLYGON……多角形）
敲敲
敲
敲敲
筆記
還要在這個多角形中間放入標記欄輸入資料情報
在進行標籤作業的時候還要再輸入“edit feature label”這個指令~
筆記

但是即使是一對一教學
已經教過了
還是覺得難如登天……
edit……
feature……
接下來是
"abc"
抖
抖
就這樣晚上11點時
結束工作……
不好意思我先走了
辛苦了～
虛脫～
卡嚓☆
打卡機
喂～妳也要往車站的方向回去嗎？
嗯？
因為下班時間已經很晚了
今天剛開始打工的
三名女生同事們
一起回家
聽說這條路上有壞人出沒～
咦！
不要一個人走路回去比較好～
離車站有點遠
對了，今天的操作說明妳們都記起來了嗎？
怎麼可能～說真的完全搞不清楚什麼是什麼～
太難了～
我也是覺得超難～
總之
大家都覺得難如登天，
感覺好多了……
喀噹……
咣咚……
擠來
擠去
電車到中途也是同一方向
在擠滿人的電車裡
搖搖晃晃……
接近凌晨12點前
終於到家了
呼啊～～
好累呀～
趴～

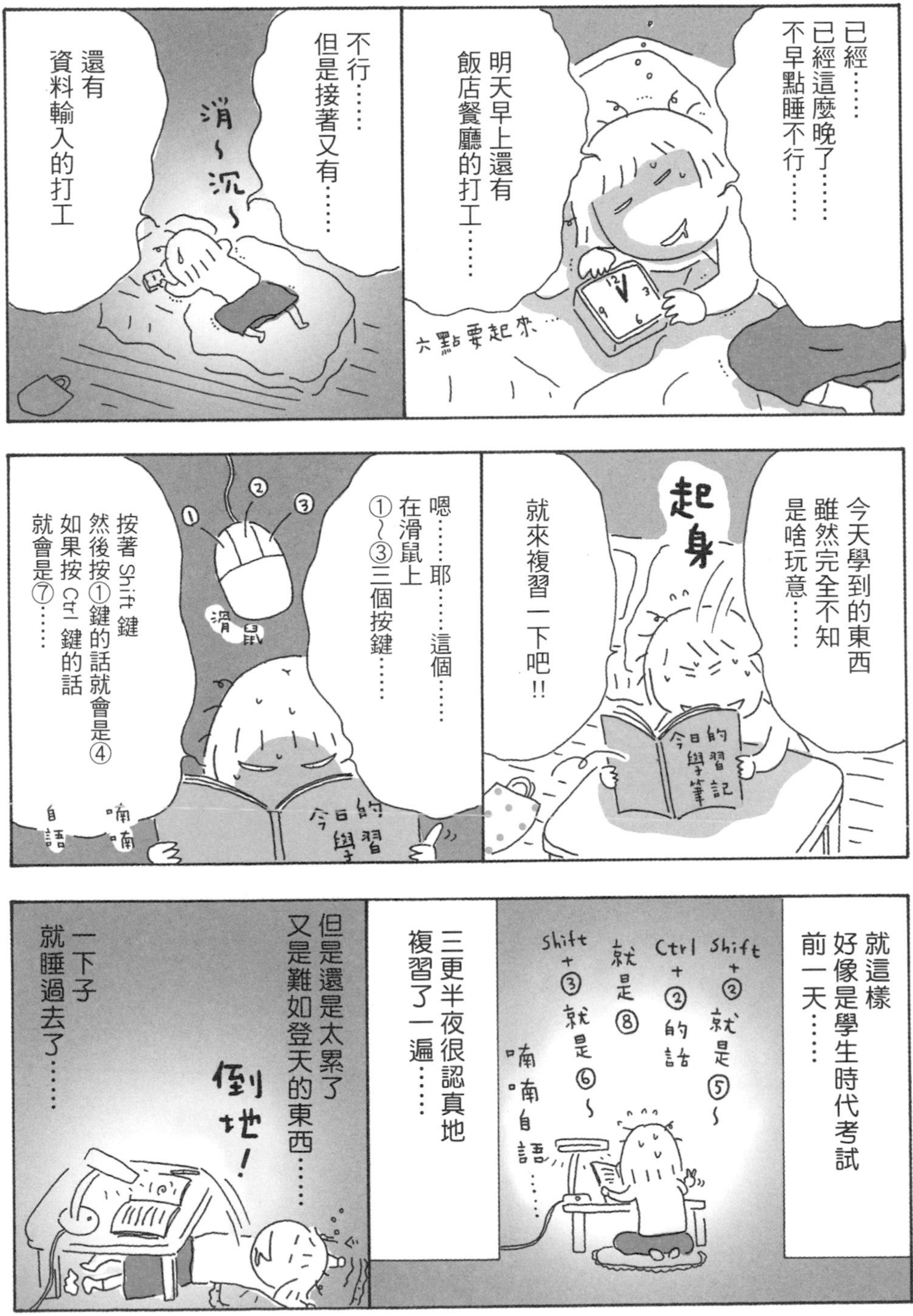
已經……
已經這麼晚了……
不早點睡不行……
明天早上還有
飯店餐廳的打工……
六點要起來…
不行……
但是接著又有……
消~沉~
還有
資料輸入的打工
今天學到的東西
雖然完全不知
是啥玩意……
起身
就來複習一下吧!!
今日的學習筆記
嗯……耶……這個……
在滑鼠上
①~③三個按鍵……
滑鼠
按著Shift鍵
然後按①鍵的話就會是④
如果按Ctrl鍵的話
就會是⑦……
喃喃自語
今日的學習
就這樣
好像是學生時代考試
前一天……
Shift+②就是⑤~
Ctrl+②的話
就是⑧
Shift+③就是⑥~
喃喃自語……
三更半夜很認真地
複習了一遍……
但是還是太累了
又是難如登天的東西……
倒地!
一下子
就睡過去了……

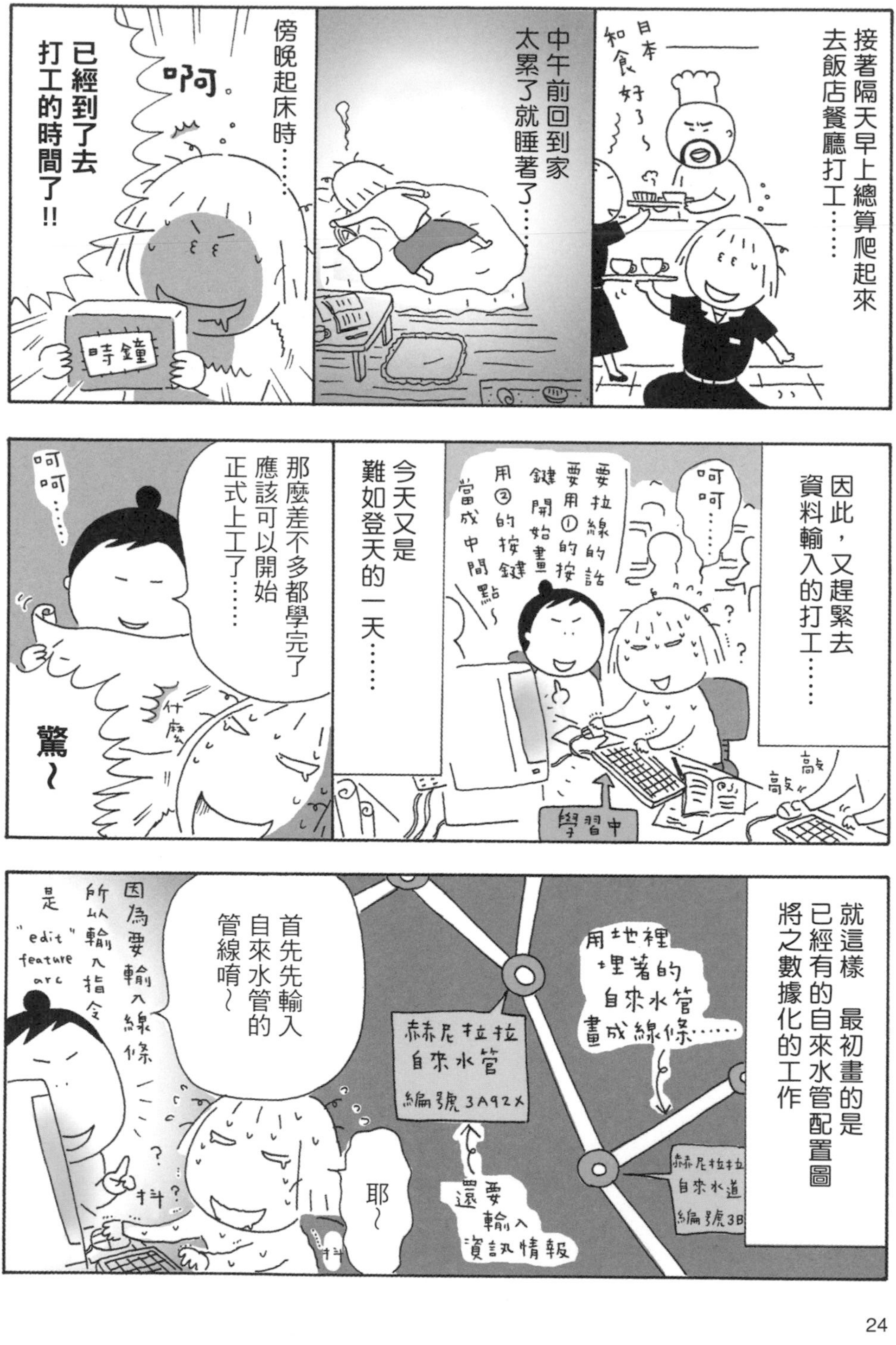
接著隔天早上總算爬起來去飯店餐廳打工……
日本和食好了～
中午前回到家太累了就睡著了……
傍晚起床時……
啊。
已經到了去打工的時間了!!
時鐘
因此，又趕緊去資料輸入的打工……
要拉線的話要用①的按鍵開始畫用②的按鍵當成中間點～
呵呵……
?
?
敲敲
學習中
今天又是難如登天的一天……
那麼差不多都學完了應該可以開始正式上工了……
呵呵……
什麼
驚～
就這樣 最初畫的是已經有的自來水管配置圖將之數據化的工作
用地裡埋著的自來水管畫成線條……
赫尼拉拉自來水道編號3B
赫尼拉拉自來水管編號3A92X
還要輸入資訊情報
耶～
抖
首先先輸入自來水管的管線唷～
因為要輸入線條所以輸入指令是"edit feature arc"
?
抖?

可是 有時候會搞不清楚
我這到底是做了工作
還是反而幫了倒忙
完全不知自己在幹嘛
對……
對不起
可以請妳再說明
一下剛剛講的
地方嗎~
完全搞不清楚~
嗚~
啊~好的
妳等一下……
東忙西忙的
這天也結束了……
卡嚓
我先走了 不好意思
辛苦了
一起回家吧~
怎麼辦~
我完全記不起來~
搞不好不適合這工作~
我也是
差不多……
沒關係
總會有辦法的~
應該沒事
對這個工作 非常不安
也不知道自己
可以做多久……
嗚~
3日
5日
自言
自語
在家複習
7日
唉~
累
過了幾天
總算明白了一點
工作的訣竅……
最後終於可以一個人
完成輸入的工作
工作
工作
敲
敲
敲
敲
敲
10天後
也終於可以跟
其他的打工人員
聊上幾句……
休息區
辛苦了
辛苦了
呼
咖啡和茶
請自由取用
因此漸漸
能夠習慣工作了……

跟我一樣 選擇晚上班的打工同事當中果然大多是有什麼理由或是原因的人居多
經常一起結伴回家的2人也是……
將來希望可以在俱樂部裡當駐唱歌手
白天在學發聲練習課程
想當廣告撰稿人正在參加相關講座學習中
也在派遣公司工作
其他人也是
為了到美國留學現在正在打工存錢
白天從事勞動工作
在當劇團團員
只有這工作還餵不飽自己
教我怎麼工作的長崎小姐也是某家名門大學四年級學生……
但其實我已經留級兩年了今年也還不知道可不可以畢得了業……
已經是第三次當大四學生了……
耶?
其實是不用出來打工的但是零用錢減少了生活費就不太夠了……
這邊也是有她自己的理由啦
……
順道一提 我下班的時間剛好上大夜班的打工人員也到了……
吵鬧
吵鬧
吵鬧
辛苦了!
卡嚓
嗯
大夜班
23時～翌日9時
那邊的打工人員感覺更是有什麼理由的樣子
不好意思先走了～
也有女性
真不知道白天是在做什麼工作的人?
LOVE
哇哈哈

高木小姐是為了畫畫才到東京來的吧！
這個嘛……是的……
早上也在飯店裡打工唷～
真好～會畫畫的人感覺很厲害呀～
沒有啦～這個還沒有辦法當飯吃～
啊呵呵呵～
對於老是擔心前途茫茫非常不安的我來說
我才羨慕可以把歌唱好的人呀～
是呀很厲害要不要來唱兩句
沒這回事我只是很喜歡唱歌而已啦～
啊哈哈哈……
我歌唱得很糟
在這個工作裡遇到許多跟自己有同樣漂泊不定狀態的人也讓我覺得心裡更堅強了些……
資料輸入的工作總算也能持續下去……
鈴鈴鈴鈴
嗯～
啊……大家早安!!
睡過頭了～
快跑
快跑
早安
妳這傢伙老是最後一刻才到……
就這樣兩份打工每天忙得團團轉的日子持續了好一陣子

順帶一提……大夜班部門裡

工作的女性……

以這樣的理由

很快就離職了。

第17回
畫這種圖，妳快樂嗎？

在打工的空檔裡
也去找找插畫的工作
但是似乎結果都不太好
某大出版社
喔~
心跳不已
去某家出版社的設計部門
推銷自己的插畫時……
嗯……
畫得不差……
但是~
ILLUST FILE
たかぎなおこ
噗通
心跳
這樣的畫
能使用的地方
非常有限……
工作上如果要使用的話
我說句老實話
很難使用~
ILLUST FILE
很難使用……
消沉
這時期 不管我去哪兒
最常聽到的
就是這句話……

去某家女性雜誌社的編輯部推銷的時候也遇到……
編輯
請到這裡來~
吵吵
嚷嚷
四處張望
那麼明天~
嗯……我們家不太使用這種畫風~
消沉~
果然人家還是講了同樣的話
妳能不能用這種筆觸來畫畫看○感專輯的插圖呢？
有時候我們會企劃這種特集啦~
驚
ILLUST FILE
啥……感?!
這……這樣呀~雖然我沒有畫過如果努力畫畫看的話說不定可以~
心跳
噗通
真的假的喂!!
驚慌
失措
心裡的OS
四處碰壁每天做著沒什麼相關性的工作……
今天也是沒有什麼收穫……
唉~
疲憊
步伐
我也不能老是只畫著自己喜歡的圖……
嘎嘎
要來好好想想怎麼畫出可以在工作上使用的畫才行……
沒精神

每天每天
自己想像著怎麼畫出
「容易被採用的畫」……
到底一般的插圖
是怎樣
才會被採用呢？
得來好好
研究一下!!
表情認真
翻頁
翻頁
fashion
新色
モード
Zasshi
果然～
還是畫得可愛點
誰看了都喜歡的畫
比較受歡迎～
嗯
嗯
明亮又時髦
洗鍊風格
就是現在流行的畫!!
可是 就在我四處嘗試
思考該畫怎樣風格的插圖時
卻陷入不知該如何是好的情況……
嘗試了不同的畫風……
嗯～～～
ONE
就這樣 完全沒有一致性
隨性所畫的東西
我就帶去讓一位藝術總監看看……
嗯……
原來是這樣～
該怎麼說呢？
妳～
ILLU FILE
心跳
噗通
現在
畫這種圖……
快樂嗎？
這……
心跳
ILLUST FILE

這是……
……
疲憊
步伐
我所想像不到的回答……
比起畫得很糟
技術不好
很難使用等等……
快樂……嗎？
更是讓我感到衝擊的回答……
唉……
仔細回想小時候
只是因為喜歡畫圖
畫得很開心……
直子老是在畫圖
塗來塗去
哇~畫出了好看的圖~♡
還被老師稱讚了~♡
學生時代
這樣的心情
自己應該要
好好珍惜才是……
不知道什麼時候
我漸漸失去了
「畫圖是很快樂的」
這樣純粹的心情……
怎麼辦~
被都市的浪濤淹沒
變成了無聊的大人了~
哇嗚嗚
就這樣 我完全陷入
低潮之中……

哇哈哈
嘈雜
人聲
唉～
唉～
該冷靜一下
好好想一想……
怎樣～
來一杯
好喔
呼～
到底是什麼時候
我開始變成
這個樣子呢……
小時候或是學生時期
只是享受畫圖的快樂……
哇哈哈
可以自由自在畫圖
我想是最好的事情……
直子19歲
但是 在設計公司上班
當插畫家的時候……
可以畫張地圖插畫嗎？
這樣那樣
自由自在畫圖的工作
幾乎沒有……
什麼～畫不出來!!
直子22歲
好！
到東京去
去找找只有自己
才畫得出來
的畫圖工作!!
因為這樣 一念之間
就跑到東京來……
現實總是殘酷的……
這樣的圖
很難使用唷～
嗯
FILE
就算去推銷自己的畫
工作還是沒有著落……
消沉～
直子24歲

嗯～
還是必須好好想
工作上的插圖
是怎麼回事～
怎樣的畫
容易被人接受
呢～
就這樣　因為想工作的欲望
嘗試了各種風格的結果是……
妳快樂嗎？
現在在這裡
直子25歲
意志消沉……
哈
哈
哇啦啦～
哩哩哩～
啦啦啦～
哇～
嗯……
比如說　那裡的人們
是怎麼想呢……
只是因為開心
所以彈奏音樂嗎？
哩啦啦～
哩哩～
哇啦啦～
還是　希望有一天
能當上主唱呢……
該怎麼唱　周圍的人
才會有好的反應
應該這樣邊煩惱邊唱著歌吧……
哇啦啦～
哇～

這麼說來　高中的時候
有陣子去學畫畫的畫室
老爺爺老師說過這樣的話……
……
鏘~
喔~
寶貝~
圖就算失敗了畫不好
也不會讓妳受傷……
不要害怕
想到什麼畫什麼
就可以了~
雖然是老爺爺
卻是現代美術家
直子17歲
我對這句話
相當喜歡……
雖然拚命想
記住這句話……
在工作意識當中
漸漸地……
啊~又被人
說是很難用
的圖了~
因為害怕
從別人而來的評價……
就把畫圖是件
令人很開心的事情
這麼重要的心情
給忘了……
唉~
那麼
下一首歌
啪啪
啪啪
鏘~
啪
哇~

便宜特賣會
¥98
慷
慷
嗯
蹣跚
步伐
車站
但是……
漸漸也明白了……
東友超市
便宜特賣會
慷慷
還是去買晚餐吧～
快快樂樂 自由自在
畫圖當然是件
很重要的事情……
SALE
嗯～豬排肉
好呢……
還是雞肝……
SALE
但是因為工作
而畫圖也是件
很重要的事情……
廣告商品
本日大特價
產地直送
¥88
不管哪方面
應該都沒有
太大的差別吧……
鹽烤秋刀魚
也不錯……
嗯～
哇哈哈～
滋滋

沒錯沒錯～我想把畫畫當成工作跟因為工作而畫圖這兩件事情是一樣的～
滋
滋
但是 最近老是想著工作工作結果腦筋就打結了轉不過來～
豬肉韓國泡菜炒飯
最重要的是「工作」和「快樂」兩方面的心情都不能忘記～
要點是平衡取得平衡～♡
滋
糟了 鹽加了太多
這個⋯⋯要做到兩方平衡是非常困難的～
要把自己喜歡的事情當成是工作是會遇到很多重重阻礙在前面⋯⋯
今天也來喝一杯啤酒吧～啦啦啦啦
而我只是希望自己不要忘記了喜歡的那種心情
BEER

去自我推薦的時候比預定的時間提早到了……

看起來形跡可疑

四處閒晃之我圖

第18回
看起來嬌弱的手也會……

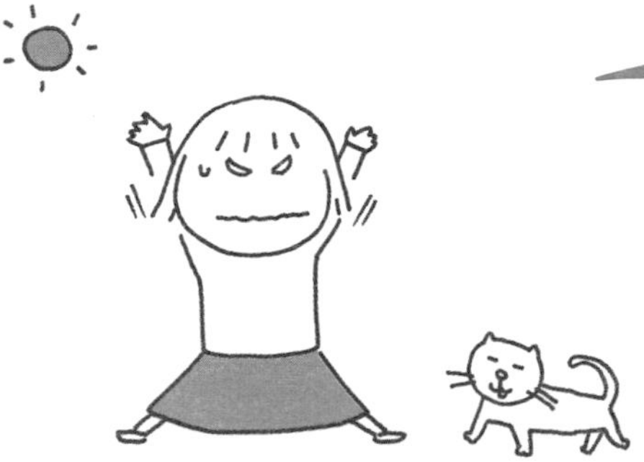

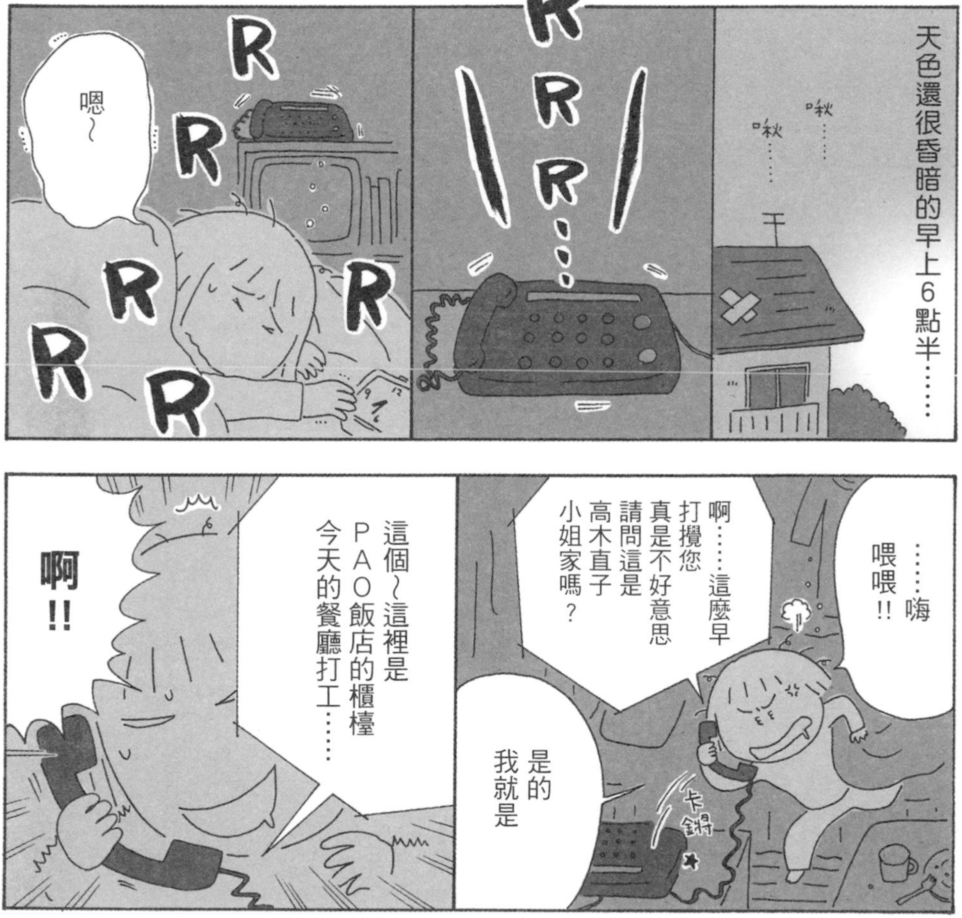

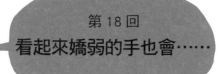

是的……今天是要去飯店
餐廳打工的日子……
砰~
糟……糟糕
睡過頭了!!
2分鐘後
7分鐘後
叮~
快~去換衣服
來了 呵呵
櫃檯
早安~
10分鐘後
對不起
我遲到了!!
來 呵呵~
還好趕上
還以為妳不來了~
驚
喂
高木
竟然讓櫃檯打Morning Call到妳家去叫妳起床
吼~
耶~
對不起~
事實上
現在早餐的打工
非常忙碌
為什麼呢?
因為正好撞上考試的季節
從各地方來東京考試的學生
很多人都住在飯店裡……
今天呢~
有○○大學和△△大學的入學考
所以早餐有52人預約!!
哇~
因此早餐的工作人員
幾乎全體總動員!!
廚師3人
服務生3人
陳內先生
桃山先生
小島小姐
大學打工學生松野君
見習廚師米田君
遲到者
我

考生客人人數太多
也是很辛苦……
那麼
已經7點了
要開門了～
準備中
蜂擁而入
各位早安～
呀～
突然來了
一大群!!
大家都因為考試的緣故
一早就來吃早飯
所以更加忙碌
因此廚房一下子就開始
忙得團團轉
蛋包3盤
炒蛋5盤～
法式吐司好了
日式和食
好～了
麵包再
多烤一點
然後麻煩妳
再準備
六杯奶茶!!
有的考生一個人來 也有人
跟朋友一起成群結隊來參加
一人
同樣高中的夥伴
帶媽媽來
還有人是跟家人一起來
各種各樣的人都有
但是大家看起來都是
沒有什麼精神的樣子
安～靜～
緊張
緊張
食慾
也不佳……

大家應該都會考上哪所學校吧？
您的奶茶久等了
參加考試順利合格進入大學就讀……
謝謝
在春天時再到東京來呀……
這麼一來爸媽……
應該也會高興吧！
……
你看看不好好吃怎麼行呢？
不過還是會覺得有點寂寞吧……
啊
鏘啷
瞪……
啊……不好意思～
耶～竟然在考生面前掉東西!!
咻
喂～好不容易才告一段落
就這樣令人緊張手忙腳亂的早餐時間終於結束了

接著的還有後面的收拾工作……
嘎啦
嘎啦
要洗的碗盤一大堆……
喂 高木
大聲
驚
嗯……是的!?
這是聽小島說的
小島小姐
妳是為了畫圖的工作才到東京來的吧~
噗通
噗通
是……是的~
沒錯……
畫圖……還吃不飽嗎?
噗通
噗通
不……不是~因為現在還完全沒有畫圖的工作可以養活自己~
所以 妳才在這裡打工晚上也去打工是吧……
啊呵呵~
嗯!這樣生活費方面才足夠呀……
噗通
噗通
生……生氣了嗎?
這是最後一批
?
?
這樣呀……

然後　稍微喘了口氣
就到了令人期待的員工餐時間!!
到了員工餐的時間了~
今天的員工餐是我昨天就開始熬的湯頭還有用叉燒做出來的特製拉麵!!
怎樣呢?
分量驚人
每碗兩個蛋
咚ー～
哇!這湯真是好喝得不得了!!
這個叉燒口感好軟太讚了~
沒錯吧!
好吃!
比起附近的拉麵店還要好吃哩!
哈哈哈
這是當然的啦~
耶~沒想到還能做出這麼好吃的拉麵……
嘶嘶……
然後　又開始
接下來的整理作業
打嗝
廚房正在準備晚上要舉行的派對料理
嚷嚷
吵吵
春天馬上來臨!!
快樂聯誼派對
這是什麼呀……

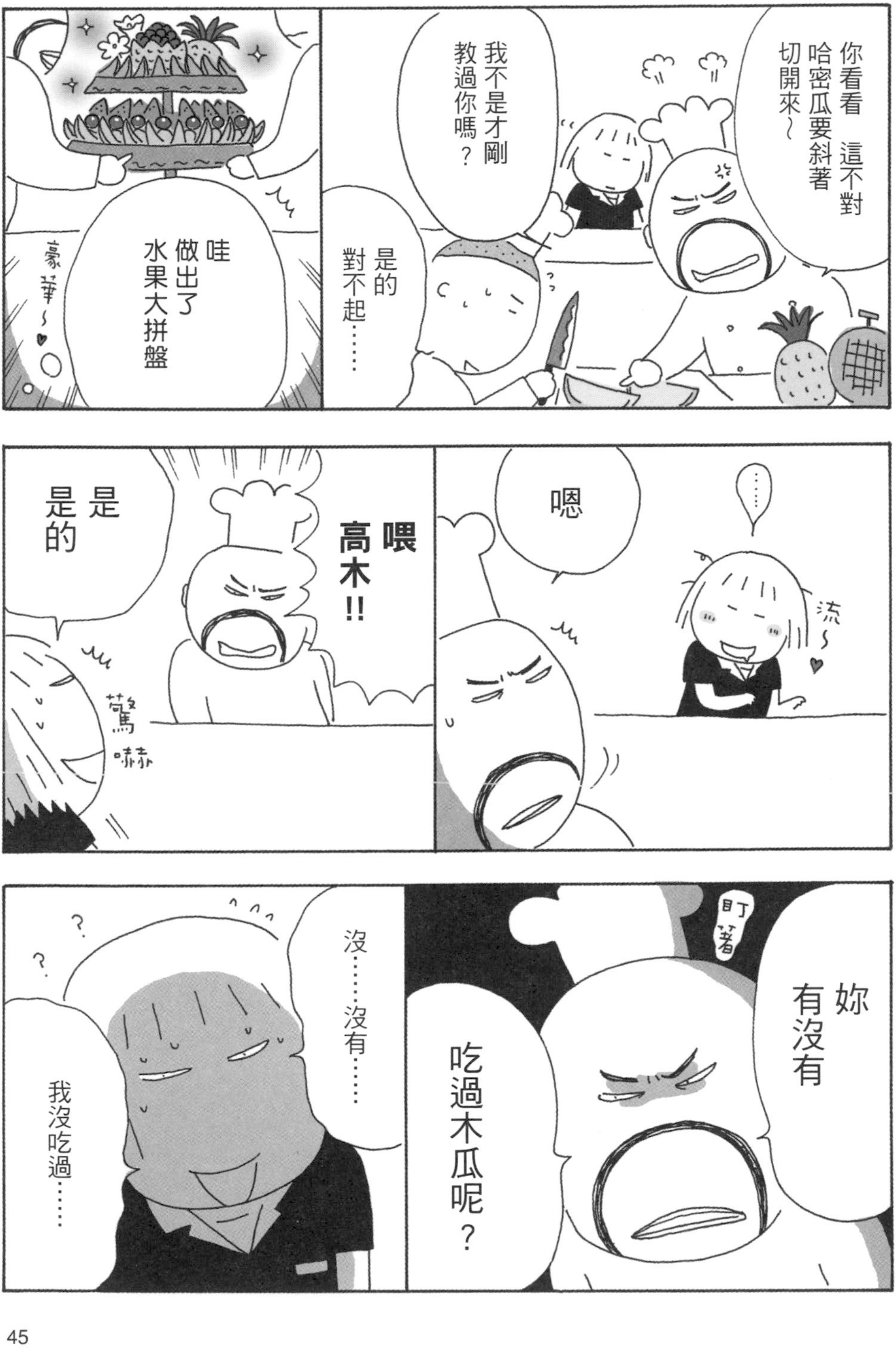
你看看 這不對
哈密瓜要斜著
切開來~
我不是才剛
教過你嗎？
是的
對不起……
哇
做出了
水果大拼盤
豪華~
……
嗯
流~
喂
高木!!
是
是的
驚嚇
盯著
妳
有沒有
吃過木瓜呢？
沒……
沒有……
我沒吃過……

多了一片給妳
拿去
咦……可以嗎？
你看看
這裡有空隙～
甜甜的真好吃～♡
嚼
嚼
真幸運～♥
會做各種料理連拉麵也會做……
接著是柳丁的切法～
也能做出漂亮的水果拼盤……
吞下
這是手工業的感覺呀……
準備好了嗎？
仔細看清楚
真是太厲害了……
……
這～
我這雙看起來不太牢靠有點嬌弱的手……
有一天也能好好工作的話就好了……
現在沾到的是木瓜汁

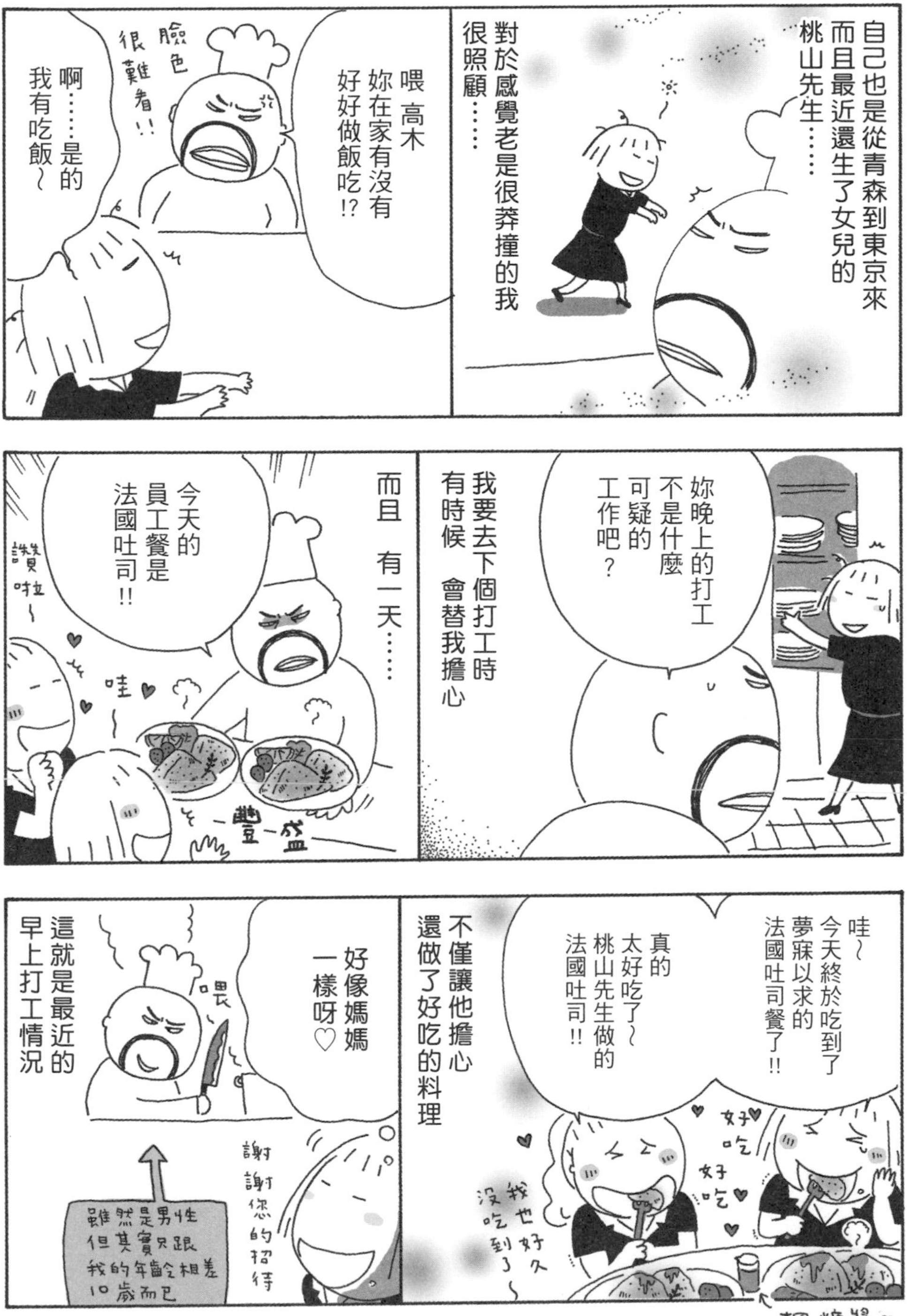

自己也是從青森到東京來
而且最近還生了女兒的
桃山先生……
對於感覺老是很莽撞的我
很照顧……
好
喂 高木
妳在家有沒有
好好做飯吃!?
臉色
很難看!!
啊……是的
我有吃飯~
妳晚上的打工
不是什麼
可疑的
工作吧？
我要去下個打工時
有時候 會替我擔心
而且 有一天……
今天的
員工餐是
法國吐司!!
讚啦~
哇♥
豐盛
哇~
今天終於吃到了
夢寐以求的
法國吐司餐了!!
真的
太好吃了~
桃山先生做的
法國吐司!!
不僅讓他擔心
還做了好吃的料理
好♥
吃
好
吃♥
我也好久
沒吃到了~
楓糖漿♥
這就是最近的
早上打工情況
好像媽媽
一樣呀♡
喂
謝謝您的招待
雖然是男性
但其實只跟
我的年齡相差
10歲而已

實習生
負責員工餐的那天……
又來了……
幾乎百分之百都是炒飯
（還是很好吃）

第19回

輕輕鬆鬆 遊逛畫廊

今天就當是去學畫 順便逛逛畫廊……
♫~
東京到處都有畫廊 一年到頭都有人 舉辦展覽會……
GALLERY
插畫家 花山美鈴個展
歡迎光臨
開門
來去看看
裡面迎接我的 是小有名氣的女性插畫家個展
歡迎光臨~
啊……您好 午安~
嚇一跳
哇~ 本人耶~
因為在各方面都很活躍 現場有很多從各地送來的祝賀花籃
請您慢慢欣賞
哇~
閃亮
閃亮
祝個展 〇〇出版社
恭賀 展覽成功 〇〇編輯部 敬上
賀花山小姐 月刊〇〇
祝個展成功 設計公司〇〇敬上

而且 畫作描繪相當仔細
非常時髦相當好看……
閃亮
閃亮
喔～
太……棒了
不管多靠近看
都看不到筆觸
真是太厲害了……
閃亮
閃亮
盯～
跟我的畫完全不一樣……
怎……怎麼辦
好不容易看到她
本人來這裡……
應該好好
問些問題……
盯
心跳加速
這……這個～
很漂亮的畫……
非常棒～
心跳加速
這……這怎麼說
您是使用
什麼樣的
繪畫材料呢？
啊～謝謝
您的誇獎～
主要是
壓克力顏料為主
是唷～
原……原來
如此～
這個嘛～
忐忑
不安
呵呵……
如果不嫌棄
要不要
用點點心？
這也是我收到
的禮物～
可是這種場合
大多因為我太緊張的關係
也沒有問到什麼有用的資料
這和菓子
真好吃～
一人獨享
您看了資料嗎？
大概畫一張圖要花多久時間呢？
連茶都泡好

GALLERY
謝謝您今天的招待～
別客氣 也謝謝您今天的光臨
參觀畫廊中舉辦的展覽會 不僅免費 還可以刺激靈感……
嗯～真是個很棒的展覽會～♡
畫家本人不但是美人又溫柔又厲害～♡
和菓子也很好吃♡
純粹享受著可以欣賞別人畫作的樂趣
那麼 今天再看一家畫廊吧
嗯～應該是在這裡附近才是～哪裡呢？
總是迷路……
TOKYO MAP
啊……是那家嗎？
GALLERY
水森美紀插畫展
HELP ME
OPEN
找到了找到了～
這家畫廊正在展出最近備受注目的年輕插畫家個展
作品也跟剛剛完全不一樣 線條彎曲很有力量的感覺……
BOO
MOO
喔～好大一張畫!!
嗡嗡～
那個人看起來是畫家本人……
啊哈哈
瞄
本人也很有活力……

然後我看到了牆上貼著的個人資料……
PROFILE
水森美紀
1974年生於神奈川縣
1993年進入多摩美術大學
在學中開始
插畫家活動
★得獎經歷
・新浪潮插畫獎
特別獎
・美術競賽
新人獎
咦……1974年生?!
那麼哪天妳把作品檔案帶到事務所來讓我看看～
好的我一定抽空去拜訪!!
人聲鼎沸
……這麼說來跟我是同年級的～
可是人家已經這麼活躍了……
哎呀～有個海報工作您的畫風很適合
一定要讓我們使用您的畫作～
哇～♡好高興非常謝謝您!!
大概是藝術總監先生
而且還因為這個展覽會談到了一個工作的樣子!!
無語
怎麼說看到了跟自己同年齡的人活躍在業界的姿態……
GALLERY
OPEN
啪噠
……
對現在的我來說實在是太刺眼了同樣我的內心也受到衝擊
唉……同樣年次一邊是已經活躍成功的人士……
另外一邊還要打工兼職過著看不到明天的日子……
另外一邊→

啊 不行了
差不多
要去打工了!!
是的
今天接下來
還要去資料輸入的地方打工
啊～唉……
地鐵站
快點～
我也想在東京開個展啊……
但是畫廊的租金相當地高……
GALLERY Ⓐ
1週 20萬圓
GALLERY Ⓑ
1週 23萬圓
對現在的我來說都是天文數字
雖然也有比較便宜的畫廊
但是太小了 也不會有人來看
什麼也賺不回來……
無人～
……
高木直子 插畫展
1週 4萬圓
果然還是要在有名的會有很多人來看的地方
這樣的畫廊辦展覽比較好……
喀噹……
咣咚……
「在東京個展」
雖然不知道什麼時候會實現
總之這是現在的我所擁有的夢想
噠噠
噠噠
噠噠
噠噠

逛完畫廊後
會到賣藝術書的書店去晃晃……

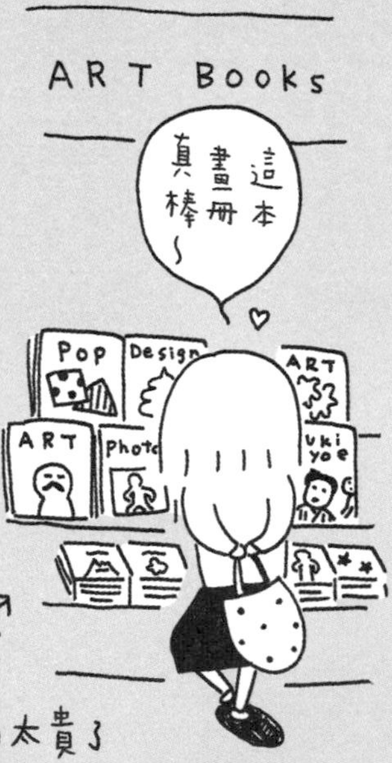

因為太貴了
根本買不起

我的時髦之旅。

第 20 回

家族 5 人的溫泉旅行

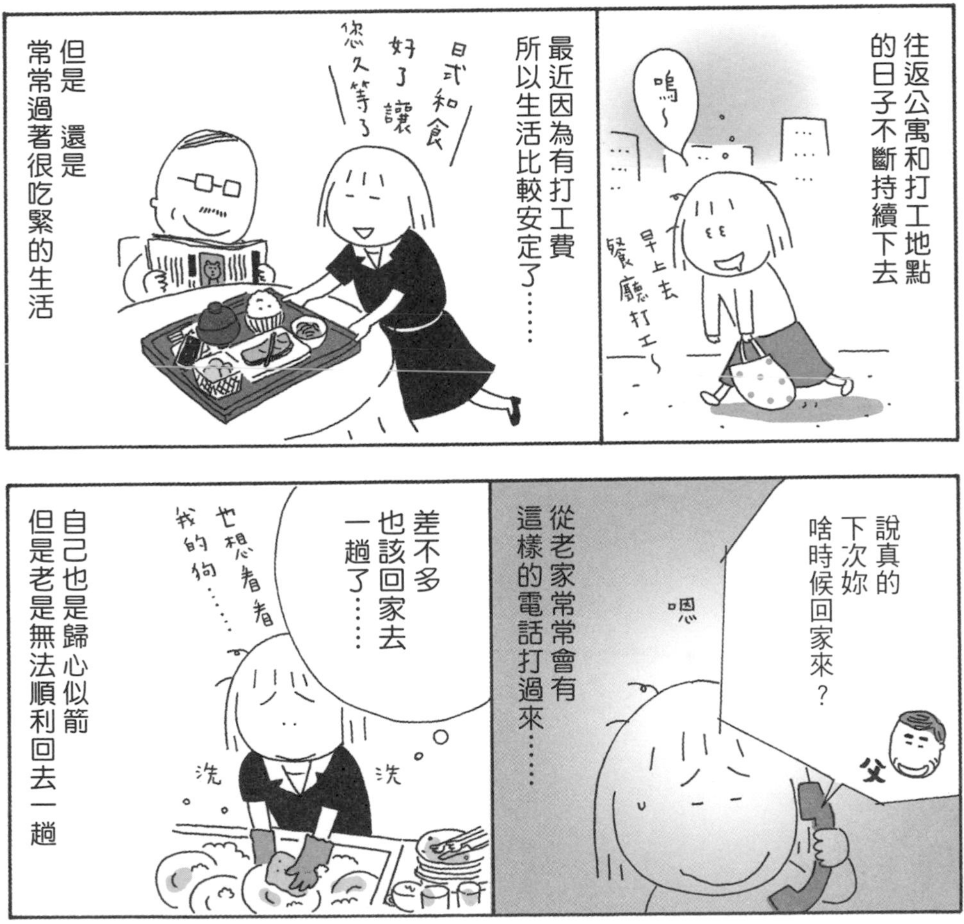
往返公寓和打工地點的日子不斷持續下去
嗚～
早上去餐廳打工～
最近因為有打工費所以生活比較安定了……
日式和食好了讓您久等了
但是 還是常常過著很吃緊的生活
說真的下次妳啥時候回家來？
父
嗯
從老家常常會有這樣的電話打過來……
差不多也該回家去一趟了……
也想看看我的狗……
洗
洗
自己也是歸心似箭但是老是無法順利回去一趟

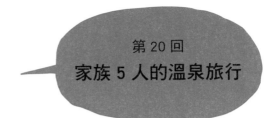

要回到三重縣老家
搭新幹線往返要2萬圓以上……
咻～
噗～
就算搭最便宜的夜間巴士
也要花掉1萬圓以上
而且一旦休假了
打工的收入
就會減少……
辛苦了！
不好意思
我們先走了～
像這樣……勉強生活
但是卻無法小小奢侈一下
在邊緣狀態的我……
稍微一不注意
就會掉入
恐怖的赤字地獄裡
想像圖
滾
咦～
滾
誘惑的陷阱
想買衣服
回家一趟
想把打工停掉
搖搖
晃晃
滾
想吃鮪魚
嘻嘻嘻
赤字泥沼
這樣無法喘息
疲倦地過著每一天……
又是在傍晚時分
去做資料
輸入的打工
就在漸漸覺得自己疲憊不堪
像今天這樣的時候……
突然有天 從老家
來了通電話
姊
告訴妳
這次
我們
要一家人
來趟溫泉旅行～
耶
溫泉旅行!?
要去要去!!

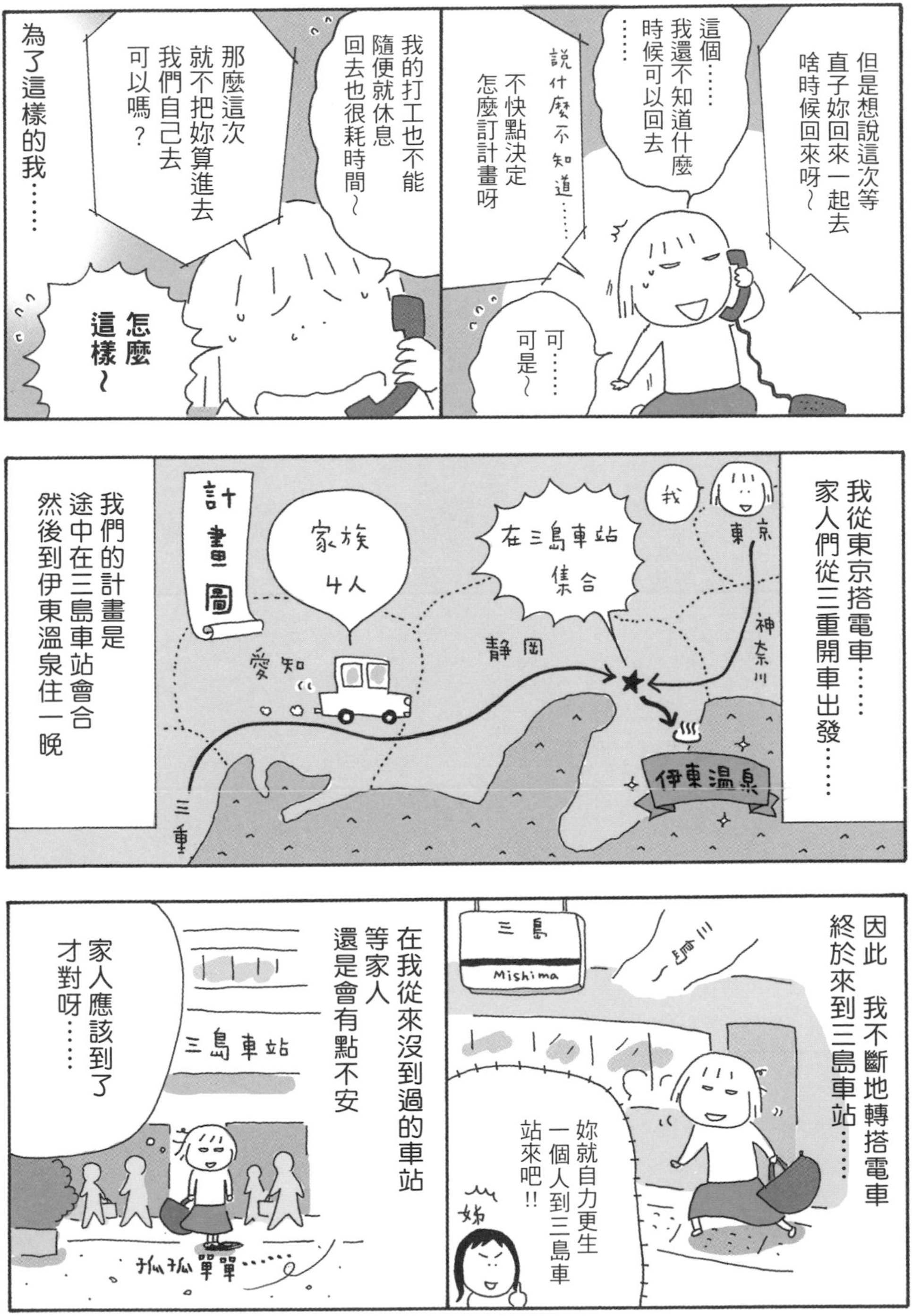
但是想說這次等直子妳回來一起去啥時候回來呀~
這個……我還不知道什麼時候可以回去……
說什麼不知道……
不快點決定怎麼訂計畫呀
可……可是~
我的打工也不能隨便就休息回去也很耗時間~
那麼這次就不把妳算進去我們自己去可以嗎？
怎麼這樣~
為了這樣的我……
我從東京搭電車……家人們從三重開車出發……
我
東京
神奈川
在三島車站集合
家族4人
計畫圖
靜岡
愛知
三重
伊東溫泉
我們的計畫是途中在三島車站會合然後到伊東溫泉住一晚
因此 我不斷地轉搭電車終於來到三島車站……
三島
Mishima
妳就自力更生一個人到三島車站來吧!!
姊
在我從來沒到過的車站等家人還是會有點不安
三島車站
家人應該到了才對呀……
孤孤單單……

打了姊姊的行動電話聯絡才知道……
這……我已經到了三島車站了……
沒有行動電話
公共電話
啊～現在我們迷路了就快到了妳就在那裡等著吧～
嗯嗯……
左等右等過了30分鐘……
直子～
叭叭
無力～
嗯？
總算跟家人平安會合了
我上車之後開始開車出發
妳午飯吃了嗎？
交談
還沒
熱絡
有水煮蛋
嘰～
嘰～
MAP
那裡要右轉
弟弟開車
不久就到了伊東海附近的溫泉旅館
吵吵
鬧鬧
然後就是悠閒地觀光……
乾物
饅頭
來點饅頭吧～
眺望海景……
鳩屋
好湯!!
啊～是鳩屋
擺這種姿勢吧～
不知道這是什麼的人真是抱歉
泡在溫泉裡面享受……
啊～

編注：好湯「ヨイフロ」與「良い風呂」為日文發音雙關語，
來自鳩屋〈ハイヤ〉這家溫泉旅館的廣告歌。
高木直子的動作是廣告招牌動作。

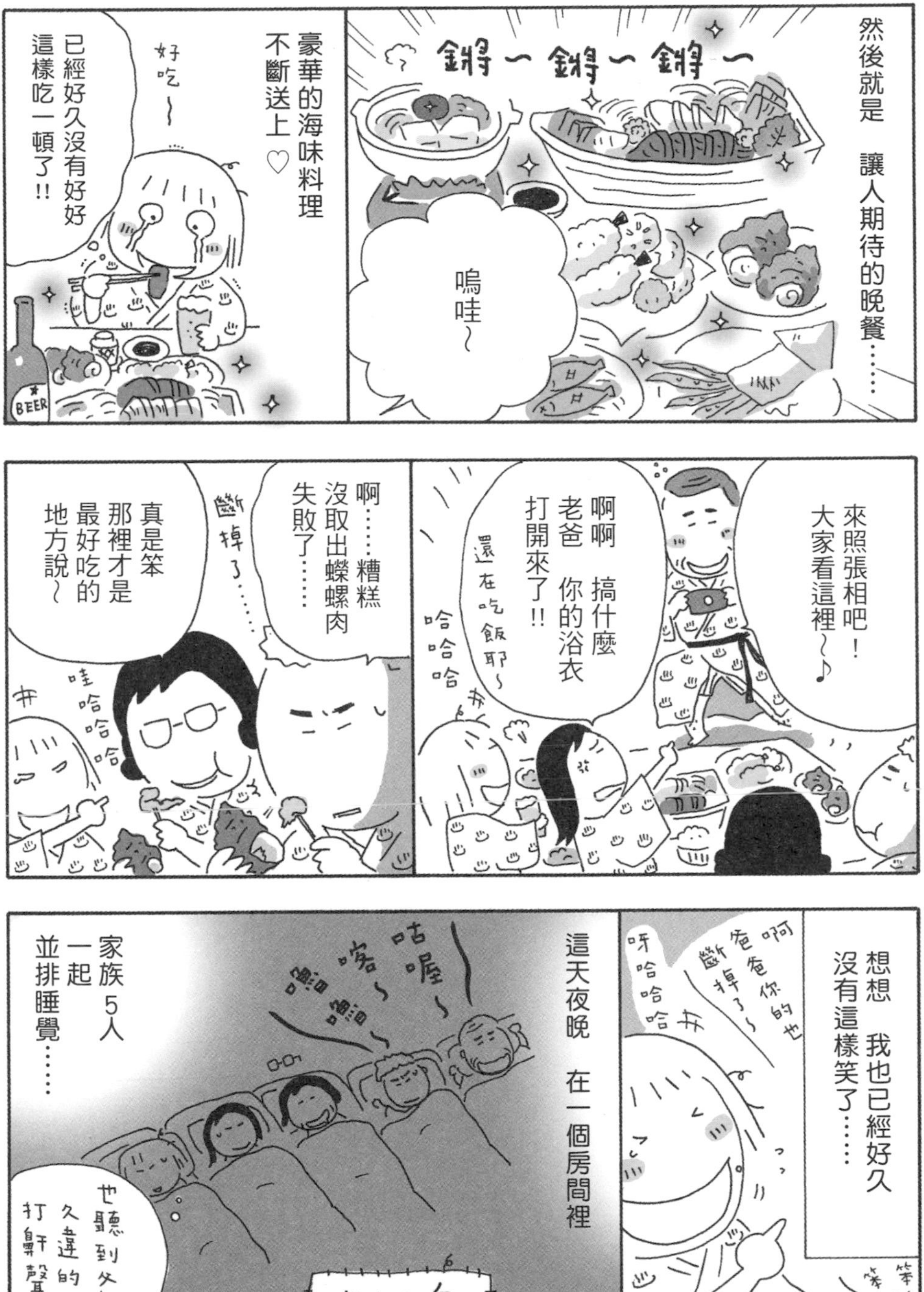
然後就是 讓人期待的晚餐⋯⋯
鏘～鏘～鏘～
嗚哇～
豪華的海味料理不斷送上♡
好吃～
已經好久沒有好好這樣吃一頓了!!
BEER
來照張相吧！大家看這裡～♪
啊啊 搞什麼 老爸 你的浴衣打開來了!!
還在吃飯耶～
哈哈哈
啊⋯⋯糟糕 沒取出蠑螺肉 失敗了⋯⋯
斷掉了⋯⋯
真是笨 那裡才是最好吃的地方說～
哇哈哈哈
想想 我也已經好久沒有這樣笑了⋯⋯
啊 爸爸 你的也斷掉了～
呀哈哈哈
笨手笨腳
這天夜晚 在一個房間裡
家族5人一起並排睡覺⋯⋯
咕喔～
喀～
嚕嚕 嚕嚕～
也聽到久違的父親打鼾聲
5人1房

隔天早晨……
旅館
享受了早上的溫泉浴
吃了美味的早餐
就要退房了……
我們要退房
浴場
好的~
而我這次
只要出往返三島
的錢就可以了……
發呆
櫃檯
一共○○○○○圓
我去把車開過來~
之後的旅費
也都算家人出的
主要是老爸跟姊姊出的錢
然後我們上了車
八咣咚
噗噗
沿著海岸邊的健行步道
走了一圈
呼……
好熱
加油
哇~
嘩啦─啦
哦哦~~

那座島是伊豆大島嗎？
卡嚓 卡嚓
哇~
太厲害了這景色真不錯~♡
就這樣眺望著絕佳的風景稍晚就到漁港附近的食堂裡用餐……
吊橋
嘩啦啦
嘩啦啦
又是一頓 海味豐富的午餐♡
這是金剛鯛~
哇啊~
好吃~
好吃~
可是 這麼快樂的時間一下子就過去了……
謝謝 謝謝
……哦 已經這個時間啦~
差不多已經到要回家的時間了
喀噹~
咣咚~
回程也是只有我在三島車站一個人下車……
三島車站
JR
人聲鼎沸
再見……
妳回去要小心~
打起精神來~

拜拜~ 拜拜~
昨天和今天是這麼高興……
噗~
但是只有自己一個人被留在這裡……
有種淡淡寂寥的感傷……
啊……為什麼只有我要在這裡下車呢……為什麼不一起回去呢……
……
我這樣想著……
咣咚……
疲憊
喀噹……
下一站熱海
回家路上有點意志消沉
這天晚上
RRR……
平安到家的家人們打了電話來
啊 現在到家了嗎？
卡
結果又繞了很多地方搞到現在才到家呀
哈哈哈
姊

靠近濱名湖的
匝道入口
爸爸就說
要去看濱名湖～
唉……
吁哈哈哈
然後大家
就順著階梯走下去
一直走到湖邊去～～
呵……
呵呵呵
接著
就說都難得來一趟
那麼就來吃鰻魚吧～
哈呵呵
火氣
鰻……鰻魚!?
跟孤孤單單回家的我
對照起來
家人回家路上真是開心
討厭～～
為什麼
為什麼!!
只有把我
排除在外～
雖然我一點也不覺得
這事情很有趣……
用力掛上
鰻魚
太狡猾了～
但也罷 難得跟家人
一起度過了愉快的時間……
哼～
啊啊 果然家人是
上天賜予的寶貝～
來這裡
照一張
這樣想想
又生出了一點精神……
哇哈哈
哇哈哈
然後 隔天也還是
一成不變的打工日……
早呀
早安
今天是
陳內先生～
我多少打起了精神
好好努力

還是溫泉比較好……
呼～
公寓的浴缸實在太窄了……

第21回 生活雖然安定下來……

……

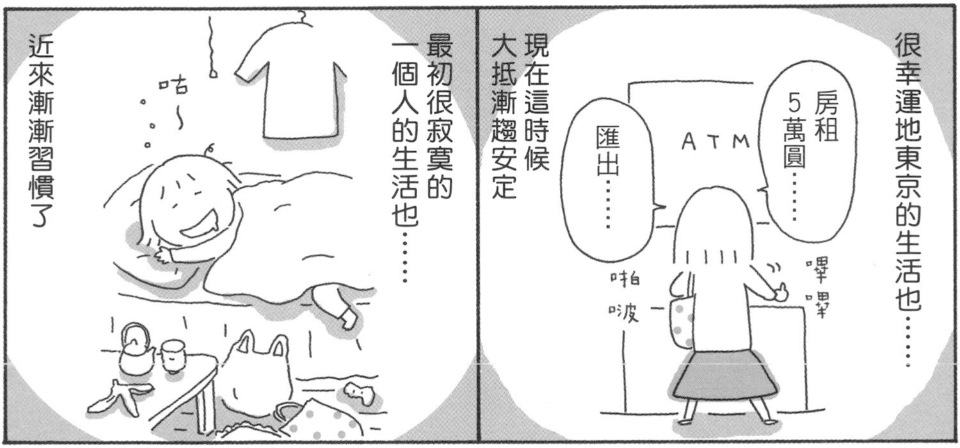
很幸運地東京的生活也……
房租 5萬圓……
ATM
匯出……
嗶嗶
啪啵
現在這時候大抵漸趨安定
最初很寂寞的一個人的生活也……
咕~
近來漸漸習慣了

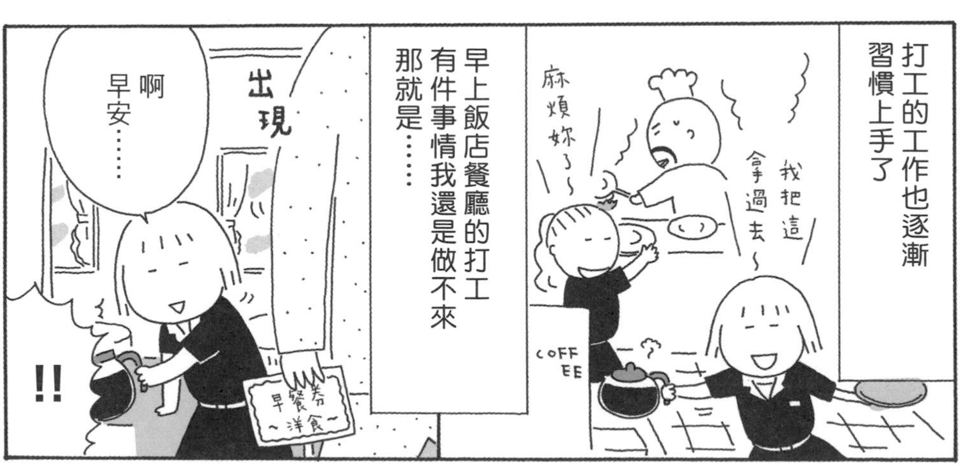
打工的工作也逐漸習慣上手了
麻煩妳了~
我把這拿過去~
COFFEE
早上飯店餐廳的打工有件事情我還是做不來 那就是……
出現
啊 早安……
早餐券 ~洋食~
!!

就是遇到外國客人……
Good morning！
有時會來……
古……德……摸……寧……
慌張……
我的英語很破
耶～洋食券……
果然是～
那就必須要問他蛋要怎麼做了～
啊～啊……艾克斯庫司米……
Yes?
啊～嗚……色……雷克啊～耶故……
你要司庫朗部魯耶故？啊還是付來特耶故？
fried egg
omelet
scrambled egg
或是……歐姆雷茲？
What?
太糟了～～發音太壞說英文也不通!!
……
快幫我～
飛奔過來
啊～沒關係等下我來問……
不過順便說荷包蛋發音不是歐姆雷茲是歐姆雷特

妳真是丟人呀～
英文也不會說
嗯……桃山先生的英文很棒嗎？
我？
當然不會
連scrambled也不會～
虧你是飯店主廚耶!?
就這樣早上的工作也結束了……
快樂的員工餐時間
哇～是香煎鮭魚～
甜點是哈密瓜耶～
順帶一提 打工同事中的小島小姐 白天的時候在和服裁縫老師那裡學習
再過一陣子如果可以取得和服裁縫技能士的資格就可以獨立了～♡
原本是學服裝設計的
那麼未來是要做跟和服裁縫有關的工作囉～
但是到時候還不知道行不行得通還是會繼續打工～
真厲害
感覺是她正朝著自己想做的事情不斷前進的感覺……
我還會在這餐廳打一陣子工～
真是羨慕啊……

打工時間結束
回家路上順道去書店晃晃
BOOK
常去書店裡看看雜誌
常用的插圖之類……
這本雜誌的封面
總是非常
可愛呀~
好想在這種地方
工作呀~
確認哪些設計師會經常
使用插圖等等
那個……
這插圖好像在
哪裡見過……
熱賣
晚上的點心
絕對美味
薄情女
推理大作
感動!!
新出版
啊!!
這是插畫教室裡
N小姐的畫!!
N小姐
封面
N山H美
薄情女
對了……這是插畫教室裡
總是給人認真印象的
N小姐她畫的圖
太……太厲害了
已經接到書籍
封面插圖的工作
了……
耶~
像這樣看到自己
身邊的人
不斷活躍的樣子
除了高興之外也對……
啥名堂都沒有的自己
感到相當焦慮……
……
無~~力……
也有點感到
意志消沉

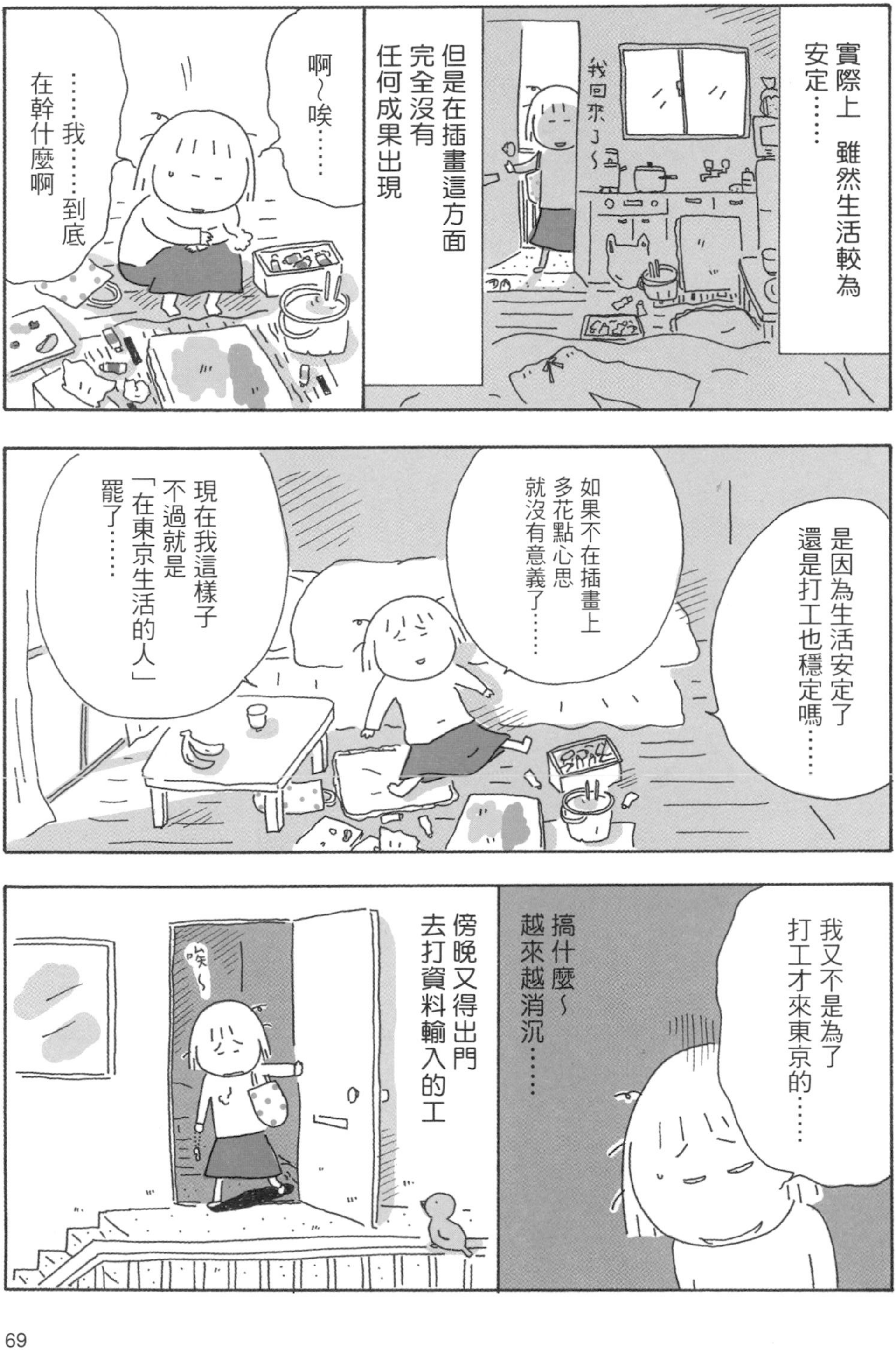
實際上　雖然生活較為安定……
我回來了～
但是在插畫這方面完全沒有任何成果出現
啊～唉……
……我……到底在幹什麼啊
是因為生活安定了還是打工也穩定嗎……
如果不在插畫上多花點心思就沒有意義了……
現在我這樣子不過就是「在東京生活的人」罷了……
我又不是為了打工才來東京的……
搞什麼～越來越消沉……
傍晚又得出門去打資料輸入的工
唉～

資料輸入工作的地方
同事們也有了一些變化
現在還不太肯定 不過今年我可以順利從大學畢業了～
打工前輩 長崎小姐 大四留級兩年中
耶～
畢業之後會到哪家公司去工作呢？
這個嘛 大學唸得比別人久 畢業之後如果還繼續打工的話 父母親會生氣的～
總之 雖然我想從事出版相關的工作～
但是不管哪家都很少招聘，真傷腦筋～
嗯～
原來如此…… 那麼 決定工作之後……
下週我有一個面試的機會～
就會把這個打工辭掉了吧……
而一起回家的同事當中，有一個人……
啊！你要回老家去!?
嗯～
同梯的同事 正在學唱歌
雖然我想在東京找個可以唱歌的工作而努力著……
但是最近發現跟自己想做的其實不太一樣……

我老家就在
山梨縣
離東京也不遠……
想說先回老家
悠閒過一陣子
好好想想
未來怎麼走……
所以這個打工
也就到這個月底
為止～
原來！
總覺得……
身邊的人
不斷發生了變化
自己這樣下去
可以嗎……
咔噹……
……
咣咚……
心裡面
湧現出各種感受
啊～～這狀態我到底
要持續到什麼時候……
咔噹……
難道要一直繼續
這種打兩份工的
生活嗎～
咣咚……
不過
這樣的我……
咔噹……
也有一項
非常想要的東西
新商品

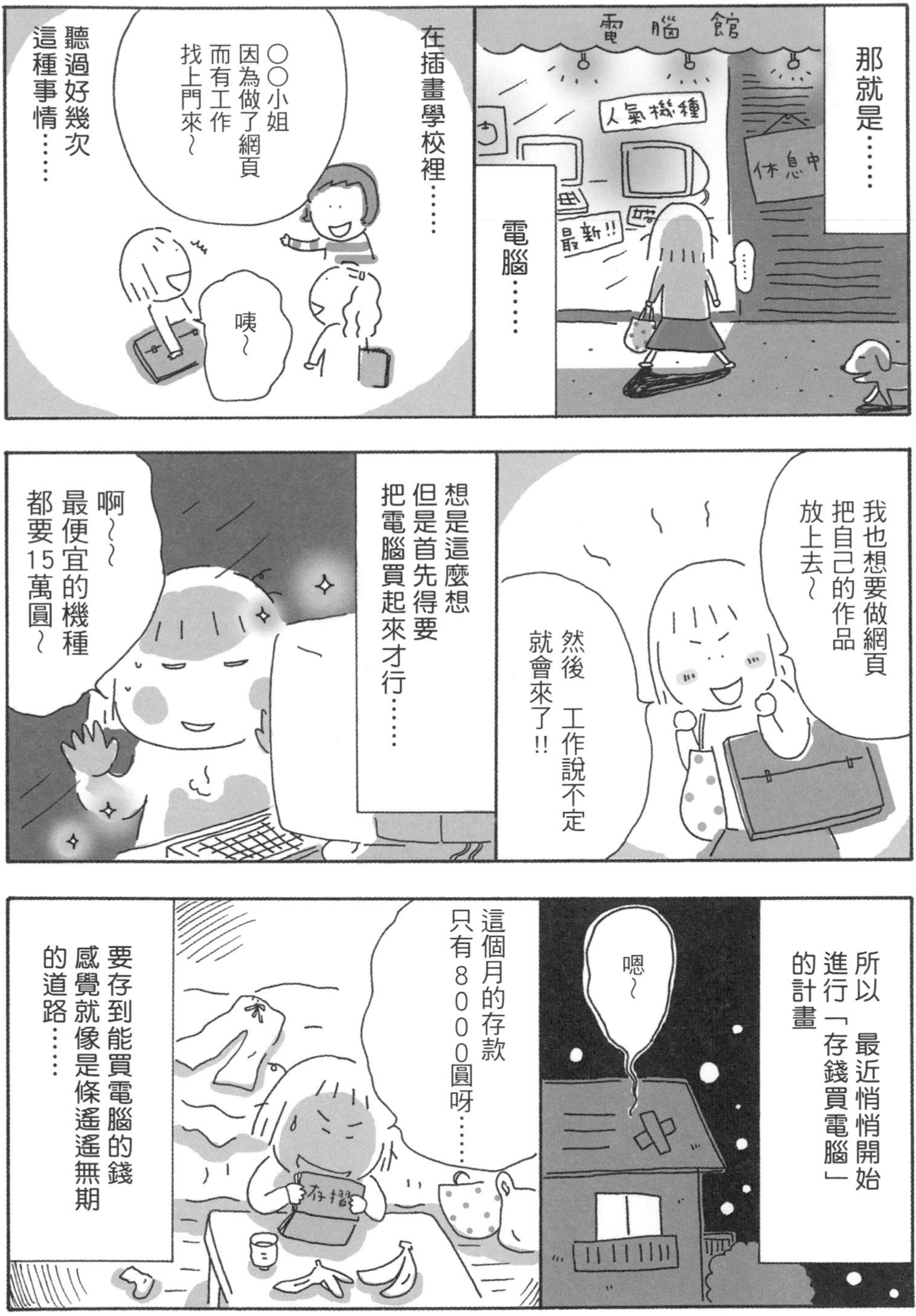
那就是……
電腦館
人氣機種
休息中
最新!!
……
電腦……
在插畫學校裡……
○○小姐因為做了網頁而有工作找上門來~
咦~
聽過好幾次這種事情……
我也想要做網頁把自己的作品放上去~
然後 工作說不定就會來了!!
想是這麼想但是首先得要把電腦買起來才行……
啊~~最便宜的機種都要15萬圓~
所以 最近悄悄開始進行「存錢買電腦」的計畫
嗯~
這個月的存款只有8000圓呀……
存摺
要存到能買電腦的錢感覺就像是條遙遙無期的道路……

啊～算了!!
倒下
扔
我怎麼老是在做這種沒有結果的事情啊!!
但是 我也覺得……
非改變一下現狀不可……
至少 不能滿足於
哇～漸漸習慣打工的工作生活也安定下來了～♡
現在這種不上不下的狀態……
我還是想做插畫的工作……
想買電腦來做自己的網站
有一天想從打工生活中脫身……
喃喃
喃喃
自語
轉來轉去
但是 首先不管是賺生活費也好存錢買電腦也好……
……大概 這種雙打工生活還是得繼續一陣子吧
只是 要特別注意別太習慣這種生活就感覺滿足了……
嗚～汪

今後我的東京生活會變得怎樣呢……
日式和食好了～
來了
又到了早餐打工時間
現在我完全不知道……
也許有一天我會放棄在東京繼續生活……
再見了東京……
或許會有回到故鄉的那一天……
起碼對自己而言要往好的方向繼續變化才行……
Hey!
驚
哎呀～又是外國客人!!
耶……艾克斯虧死米……
抖
Yes?
耶谷低許些利庫特……夫來伊耶谷？歐阿斯庫朗布魯耶谷～歐阿 歐……歐姆雷特？
What?
天啊～說英文也還是不通啦!!
人家都說了歐姆雷特了～
救救我～
妳這傢伙還是沒什麼變……
……就這樣 這種打工生活還會持續一陣子

科……柯非~歐啊梯?
what?
歐啊歐連菊啾?

第 22 回
雙重打工生活

就這樣 我持續著雙重打工生活
6:30～11:00
18:00～23:00
敲
敲
差不多白天有空的時間就去推銷自己插畫作品……
Let's go!!
如果有什麼緊急工作進來也馬上可以應對 我是這麼認為……
要跟我商量嗎？馬上就去!!
有插畫的工作進來♡

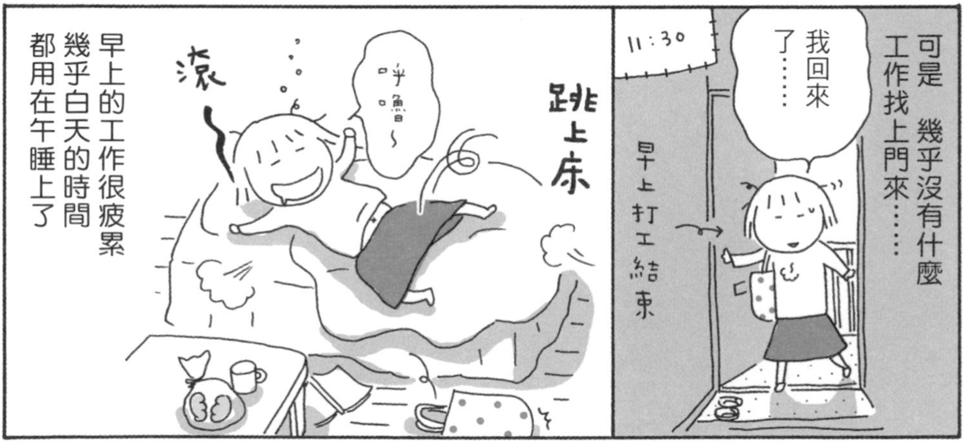

可是 幾乎沒有什麼工作找上門來……
11:30
我回來了……
早上打工結束
早上的工作很疲累 幾乎白天的時間都用在午睡上了
滾～
跳上床
呼嚕～

往往一起床　差不多也就快到了去資料輸入的打工時間
迅速起身
哇啊!?
糟~
時鐘
17:00
然後　資料輸入的工作結束後　回到家已經是三更半夜了……
接近凌晨
呼~好累呀~
咕~
肚子也好餓……
這個時間　附近的超市已經都打烊了　只有一家便當店還在營業
暖暖熱熱
24小時便當
啊……看起來很好吃~
精力便當
¥750
幕之內
有燒肉便當鰻魚便當還有炸雞便當……
嗯
怎……怎麼辦……要不要買呢……
口水……
直流……
咕~
現在這時間做飯也很麻煩……
咕
咕
咕~
滋
滋
雖然會這麼想　但結果還是因為「在家裡做比較便宜」這個理由……
今天晚飯是洋蔥蛋炒飯唷~
哇~
還有味噌湯
幾乎都是自己下廚做飯
深夜1:00

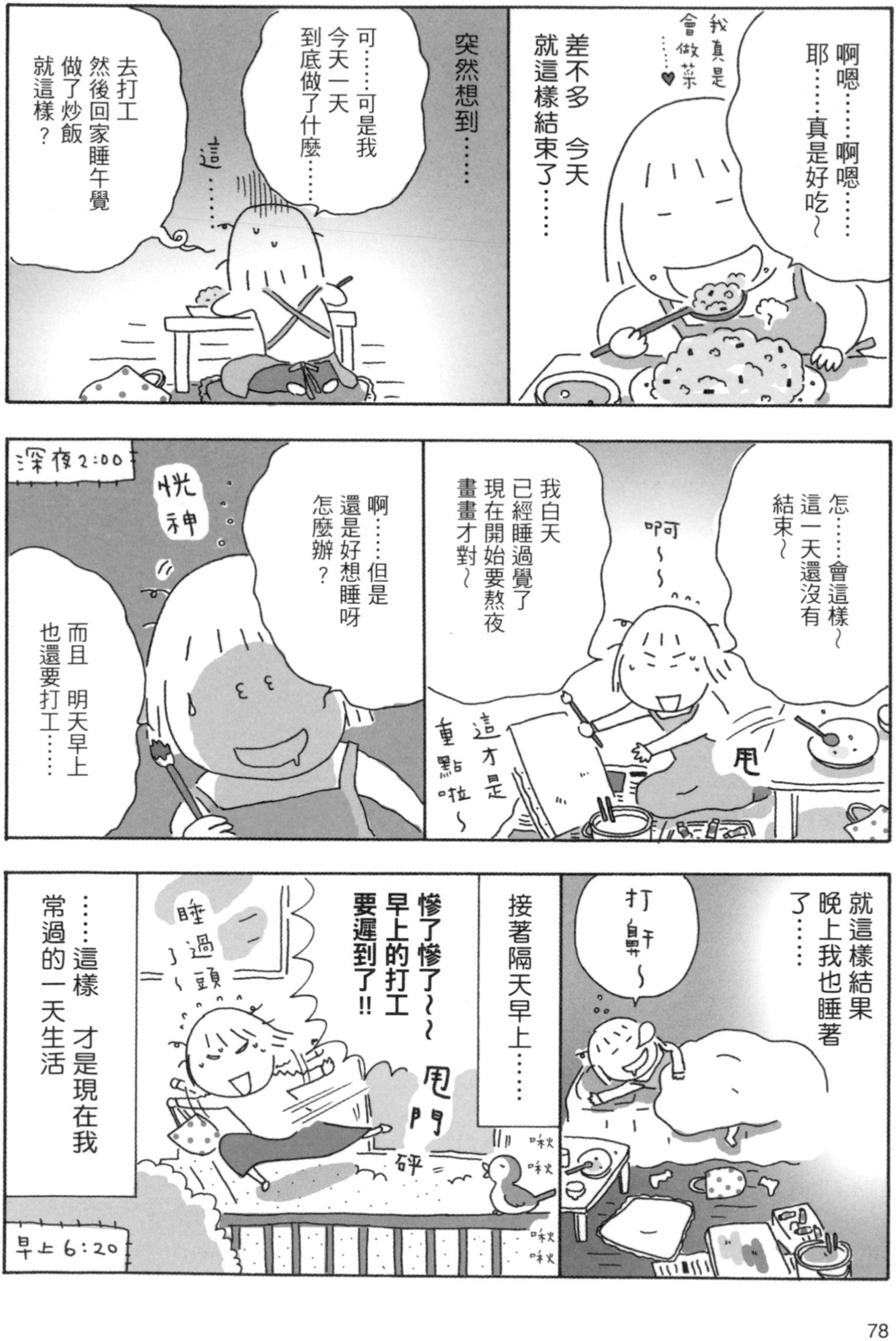

啊嗯……啊嗯……
耶……真是好吃～
我真是會做菜……♥
差不多 今天就這樣結束了……
突然想到……
可……可是我今天一天到底做了什麼……
這……
去打工 然後回家睡午覺 做了炒飯 就這樣？
怎……會這樣～這一天還沒有結束～
我白天已經睡過覺了現在開始要熬夜畫畫才對～
呵～～
這才是重點啦～
甩
深夜2:00
恍神
啊……但是還是好想睡呀 怎麼辦？
而且 明天早上也還要打工……
就這樣結果晚上我也睡著了……
打鼾～
接著隔天早上……
慘了慘了～～早上的打工要遲到了!!
睡過頭～
甩門
砰
啾啾
啾啾
早上6:20
……這樣 才是現在我常過的一天生活

不過當然打工
也是有休息的日子
今天
早上的打工和
資料輸入的
工作兩邊
都休息~♡
太棒了~
這種日子
好的！
今天一整天
我就來
創作新的
畫作吧!!
應該是要這樣的 但是……
可……可是
總覺得
今天沒有什麼
畫畫的心情……
沒力~
咦咦!?
認真
心中那個
認真的自己
但是
妳平常打工
累得半死
根本就沒有辦法
畫畫呀!!
是……
沒有錯
啦……
嘮嘮
叨叨
好不容易
有了休假
不好好畫畫
怎麼行呢？
妳說說看!!
碎唸
但是 沒有心情
的時候畫畫
哪能畫出什麼
好作品呢？
氣!!
認真
夠了
我今天要忘了
畫畫的事
出去走走!!
對了 之前想
去看看的代官山
現在去那裡
看看也好
哈哈哈
就這樣 無視於
心中的聲音
跑出去玩的我……
……
認真

然後我就跑到代官山來了
代官山
瞄 瞄
耶～這裡就是傳說中的代官山呀～♡
import
cafe
SHOP
LUNCH
Designers
東張
西望
怎……怎麼說呢雖然不太明白
應該是很時髦吧～
對了……好不容易住在東京應該要更享受城市生活才對!!
啊 這件運動上衣好可愛呀～
歡迎光臨
那件非常可愛呢～
NEW ARRIVAL
NIWATORI
啊……但是要6900圓哩……
昨天剛到貨的唷～
只是件運動服卻這麼貴……
¥6900
這時候 我的腦中就會浮現一條算式
現在我做的餐廳打工還有資料輸入的工作合起來一天工資差不多是8500圓……
這種收入不是買不起但是也有像今天這樣休息的日子平均算下來一天才賺5500圓……
剛剛也賣掉了一件～
再加上房租還有水電瓦斯費餐費等等基本生活費一天大概需要花掉3500圓加加減減只剩下2000圓……
珠算3級的腦袋裡※死命的計算著

但是這2000圓也不能全部都用掉
還有繪圖材料費、存錢買電腦的錢或者預防生病時要用到的錢等等……
本月號2021-20上也有刊出來唷
如果扣除最低額度1000圓的話……
惱
苦
一天可使用的金錢上限
答:¥1000
叮咚!
也就是說 為了買這件運動服 我必須投資一星期的金錢餘額!!
……想來想去
啊……等等……讓我再考慮考慮~
這樣子呀~
的確 我無法隨意浪費金錢買東西
select
USED
world import
Bistrante Surume
唉……
以前我可以輕鬆享受購物的樂趣說~
沉重
步伐
因為是住在家裡又在上班 常常和朋友想到就去購物逛街……
買到了~
打折
哇哈哈
真是快樂呀……
ABC
KIN TE TSU
SALE
那時候的收入幾乎完全拿去買自己喜歡的東西……
10000
樂
說起來 像是年終獎金也拿了不少……

現在想想那時候
或許是我
人生中的
泡沫時期吧……
現在已經是
泡沫崩壞的時代……
消沉
之前媽媽打電話來說過……
妳身邊
還是要留點錢
才可以啦~
要是手頭太緊的話
人會覺得
心裡很不舒坦的~
說過類似這樣的話……
最近 這些話讓我
確實感同身受
雖……雖然金錢
不是人生的全部……
coffee
不過 如果沒有
某種程度的餘裕
心裡也會覺得貧弱……
蹣跚
步伐
……
而且 更加
心裡難過的是……
從剛剛開始心裡那個
認真的自己就一直騷動不安
難得休息的日子
竟然不畫圖
跑去亂晃……
還想要
亂花錢嗎!?
認真
哎呀~~
到底妳來東京
是幹什麼的!!
難道是來玩的嗎!?
認真
知……
知道了啦~
碎念
喋喋
不休

是的……以前休假日都隨意度過 感覺不出來有什麼問題……
真閒~要不要去哪裡玩呢~
還是今天睡一整天呢~♡
美麗的假期♡
現在 為何感覺到……
喋喋
不休
認真
碎念
唉呀~
罪惡感……
那是因為 我明白了現在的打工生活已經不一樣了
休假的時候必須更加努力才行……
必須要打工……也要努力畫圖……還要節約用錢……
每天都是這樣的日子會讓人很疲累這也是事實……
……
所以我才會想偶爾也需要可以喘口氣的日子才行~
嗯……
認真
嗚…
嗚…
……算了 那麼今天一天就讓妳隨意度過吧
如果是一點點錢的話也可以買自己喜歡的東西……
認真
真
真的嗎?!
謝謝
太感謝了!!
怎覺得從剛剛開始這傢伙就怪怪的~

耶耶耶～♡
要買什麼好呢～
SHOP
就這樣 這天一整天
都在街上隨意亂晃……
結果 買了自己喜歡的
東西是……
生
鮪魚生魚片
¥680
在附近超市買的
鮪魚生魚片
哇～
好久沒有吃了 果然
還是一樣好吃～
太幸福了
鮪魚!!
最愛之物
還有還有
就是這個!!
還買了
肩膀按摩器～♡
這也是在附近
百圓商店買的
最近老是覺得
肩膀很痠痛～♡
啊～
好舒服呀～♡
按
按
按
按
魔法手杖
把我的人生
變成玫瑰色吧～
哈哈哈
來吧來吧
揮
揮
就這樣
我偶爾的休假日
就非常平凡地
結束了
……
認真

生魚片太貴了……

買不起……

但又想吃……

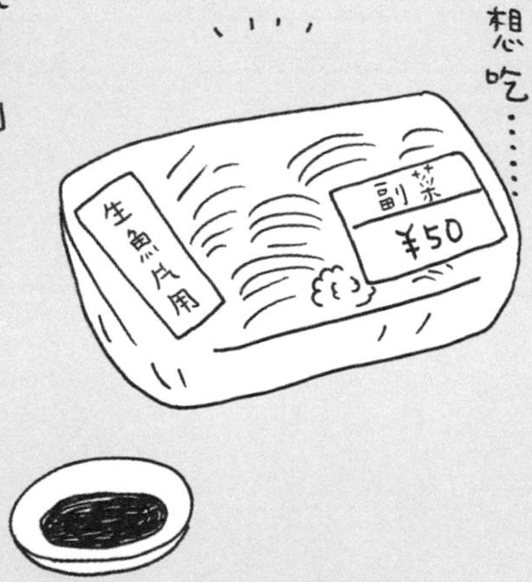

就買副菜替代

蘸醬油吃

第23回
首次東京個展！

某天 跟平常一樣
早上的打工結束回到家
稍微睡了一下……
打鼾～
……嗯?!
RRR
一通電話打來……
……喂
喂喂～
啊
請問這是高木直子小姐的家嗎？
是的
我就是
電話是以前參加插圖競賽時認識的女性工作人員打來的……
突然打電話給您真是不好意思～
記得好像是當時我交出去的作品……
本業是
空間設計之類的工作

因為手上有個企劃案很適合高木小姐您的畫作所以打電話想問問您～
咦 啊……好的……
吃驚
企……企劃!?
不好意思突然這麼說～
您有沒有興趣開個展呢？
什麼?!!
是在銀座某家裝潢設計系的展覽室……
想問問要不要來做做畫的展覽
主要是捲簾百葉窗的展覽室
雖然沒有保證金但不用付場地費又能展出很多幅作品出來～
雖然是展覽室可以自由展示也沒有關係～
DM印刷費之類的也會出錢印～
啊……
腿軟了
您覺得如何呢？
好……好……我要參加!!
當然我當下就答應下來了
請讓我來做!!

可是竟然說了「我要參加」……
啊~~太了不得了
太了不得了~~
這真的是不得了的大事
慌慌
張張
怎麼說呢 到開展為止 準備期間 從現在開始算 只有兩個半月的時間
哦~
兩個半月!!
怎……怎麼辦 現在我畫的東西當中 有沒有可以拿來展示的東西呢？
呀~
啊~ 怎麼老是些 不起眼的畫~
啪
啪
不……不行!! 這些現成的畫 都不合用!!
不行啦
不行啦
首先要決定 個展的題目 才行!!
啊啊 畫框 要怎麼辦!!
DM怎麼辦!!
要做的事情實在是 堆積如山……
當然打工也不能不去
18:00開始 資料輸入的工作♥
恍神
敲
敲
可是 腦袋裡一片空白……
主 主題……是什麼……
要畫幾張……
妳……是怎麼了?
六神
無主
時……時間 來得及嗎??

管它的 首先……
也只能不斷地不斷地先畫出成品來!!
先有了這樣的結論……
回家後
馬上又到了要去打工的時間……
隔天早上
恍神~
然後在打工的空檔拚命地畫圖……
午後
快速
快速
必殺技三張同時開畫!!
又馬上到了打工時間……
夜
暈~
我雖然想盡可能地把到個展之前的剩餘時間全部拿來用在畫畫上面覺得這樣應該很不錯……
工作室
呵呵呵…
沉浸在工作中♥
但是平常的日子也總是要過沒有這麼簡單的事情
深夜
倒頭

於是這時 來了一通電話……
RRR
啾……
啾……
……嗯?
這裡……是PAO的櫃檯~
呵
哎呀~~6點45分!!
抓
那是早上打工地方打來的電話……
呀~遲到了真是不好意思!!
呵 來了~
飛奔而來
妳這傢伙又讓櫃檯給妳Morning Call了嗎?給我差不多一點~
啊~~對……對不起~
好大的膽子~
今天客人非常多!!
這樣累得半死的日子不斷持續著……
可……可是如果不努力的話這可是難得在東京開個展的機會呀……
是的……而且還不用錢再也不會有這麼好康的機會了!!
然後下班回家
打包帶回家的麵包
如果人生中有不得不努力的時刻那麼一定就是現在了!!
涙~
還有1個半月!!
我一邊這樣想一邊繼續畫圖……

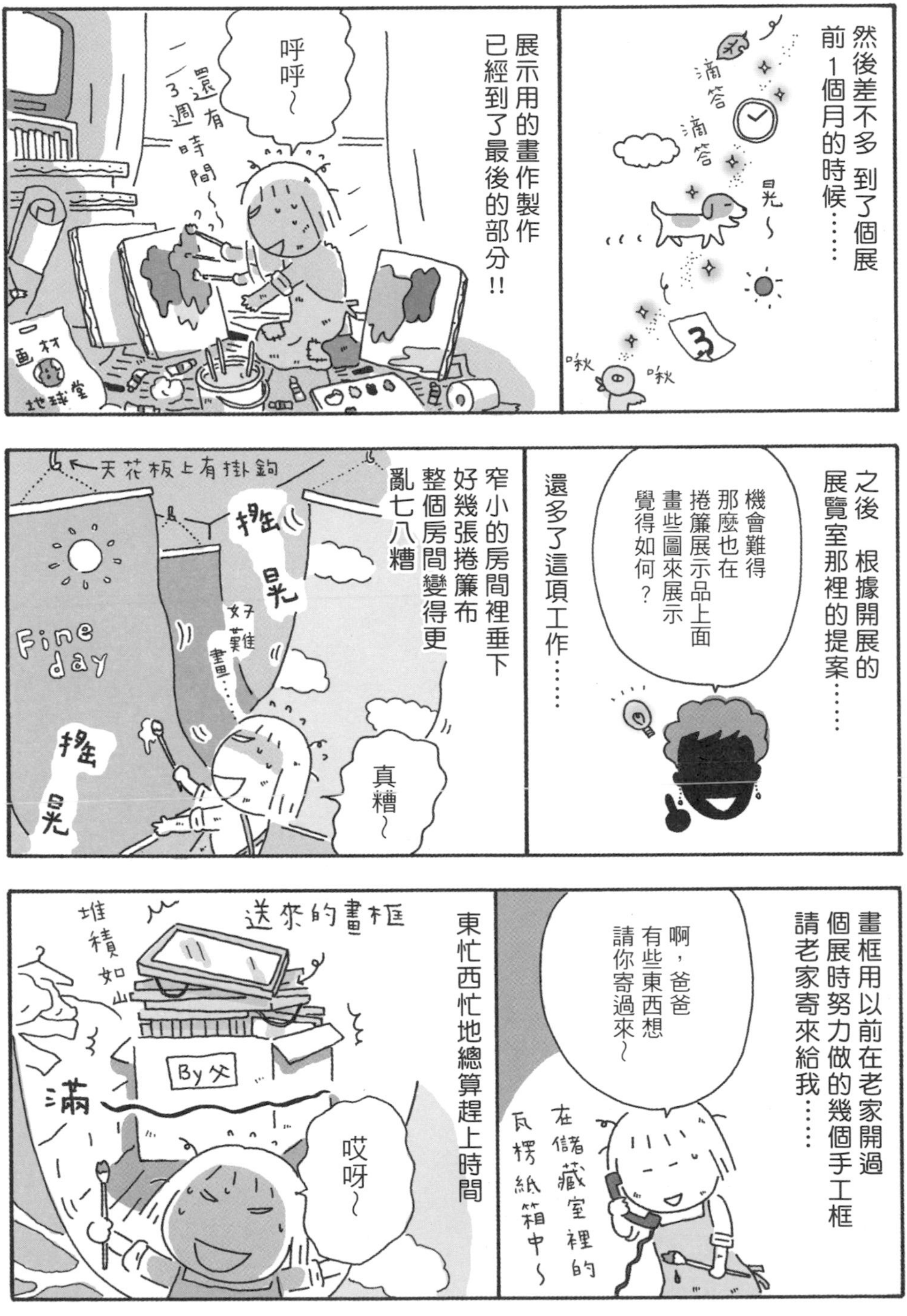
然後差不多到了個展前1個月的時候……
滴答
滴答
晃～
啾
啾
展示用的畫作製作已經到了最後的部分!!
呼呼～
還有3週時間～
畫材 地球堂
之後 根據開展的展覽室那裡的提案……
機會難得 那麼也在捲簾展示品上面畫些圖來展示覺得如何？
還多了這項工作……
窄小的房間裡垂下好幾張捲簾布整個房間變得更亂七八糟
←天花板上有掛鉤
搖晃
好難畫…
Fine day
搖晃
真糟～
畫框用以前在老家開過個展時努力做的幾個手工框請老家寄來給我……
啊，爸爸 有些東西想請你寄過來～
在儲藏室裡的瓦楞紙箱中～
東忙西忙地總算趕上時間
送來的畫框
堆積如山
By父
滿
哎呀～

DM幸好也準時印刷完成……
製作了1000張左右
000-0000
前面
高木直子
插畫個展
○年×月(二)～○年×月(日)
展覽室
MAP
背後
送給打工地方的同事……
哇～個展耶好厲害我要去看!!
?
真的嗎!?
哇要開個展耶～
哇～也給我一張～
什麼什麼我也要～
幹得好～
呵呵……謝謝～
也去插畫學校裡發送……
耶～很高興去參觀～
請多多指教～
哇～
要去要去～
然後還送給來東京之後認識的業界的人士……
這個嘛去推銷時認識的設計師的○○先生以及設計總監的○○小姐……△△編輯部的○○小姐……
雖然老家的朋友們大概不會來看還是寄給他們吧～
名片
寫
寫
啊～好累手痛得要命
肚子餓了
咕～～
倒下
肚子餓了得來做飯了～

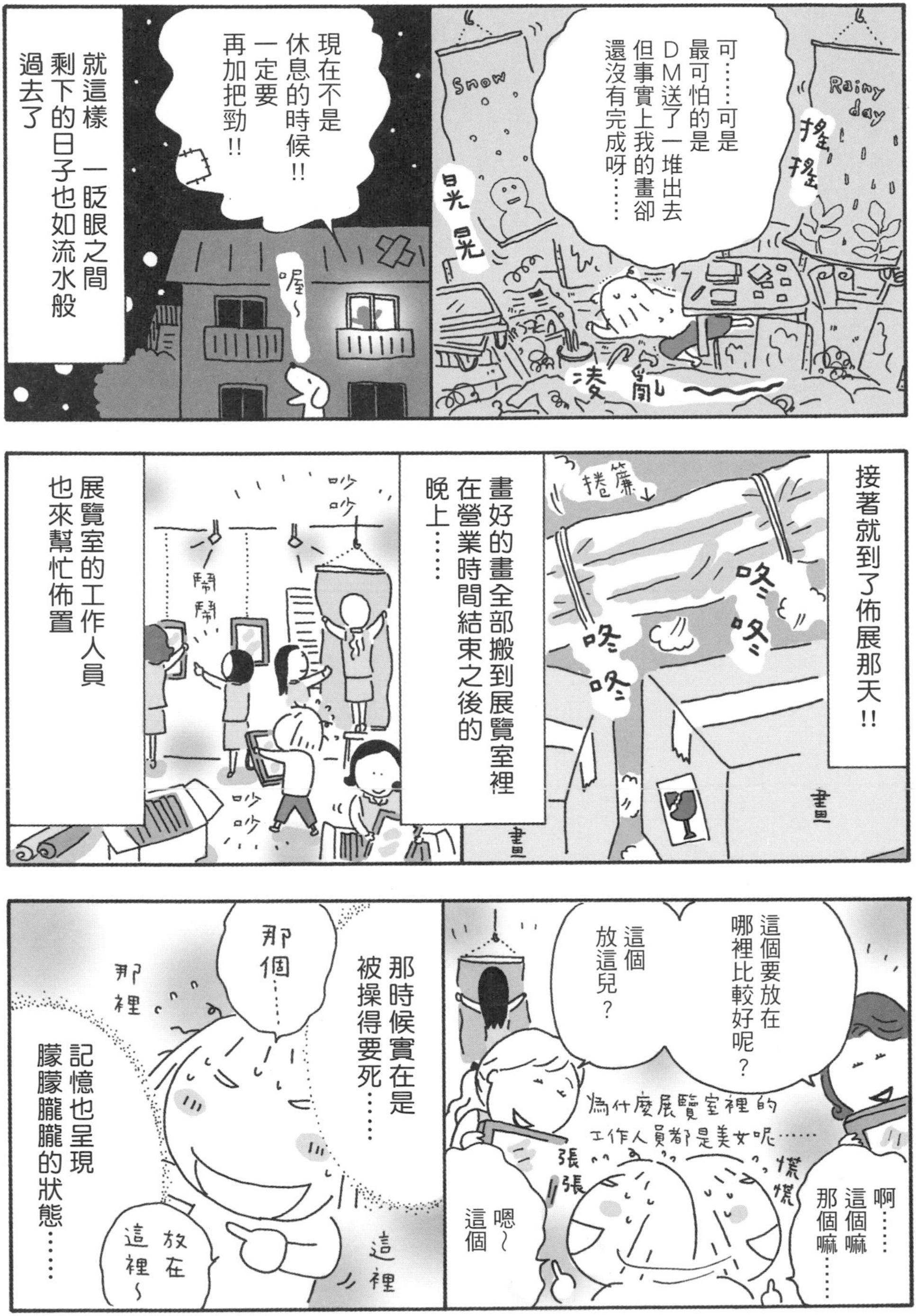
可……可是
最可怕的是
DM送了一堆出去
但事實上我的畫卻
還沒有完成呀……
Snow
Rainy day
搖搖
晃晃
凌亂
現在不是
休息的時候!!
一定要
再加把勁!!
喔~
就這樣 一眨眼之間
剩下的日子也如流水般
過去了
接著就到了佈展那天!!
捲簾
咚咚
咚咚
畫
畫
畫好的畫全部搬到展覽室裡
在營業時間結束之後的
晚上……
吵吵
吵吵
展覽室的工作人員
也來幫忙佈置
這個要放在
哪裡比較好呢?
這個
放這兒?
為什麼展覽室裡的
工作人員都是美女呢……
張張
慌慌
啊……
這個嘛
那個嘛……
嗯~
這個
那個……
那裡
那時候實在是
被操得要死……
記憶也呈現
朦朦朧朧的狀態……
放在
這裡~
這裡

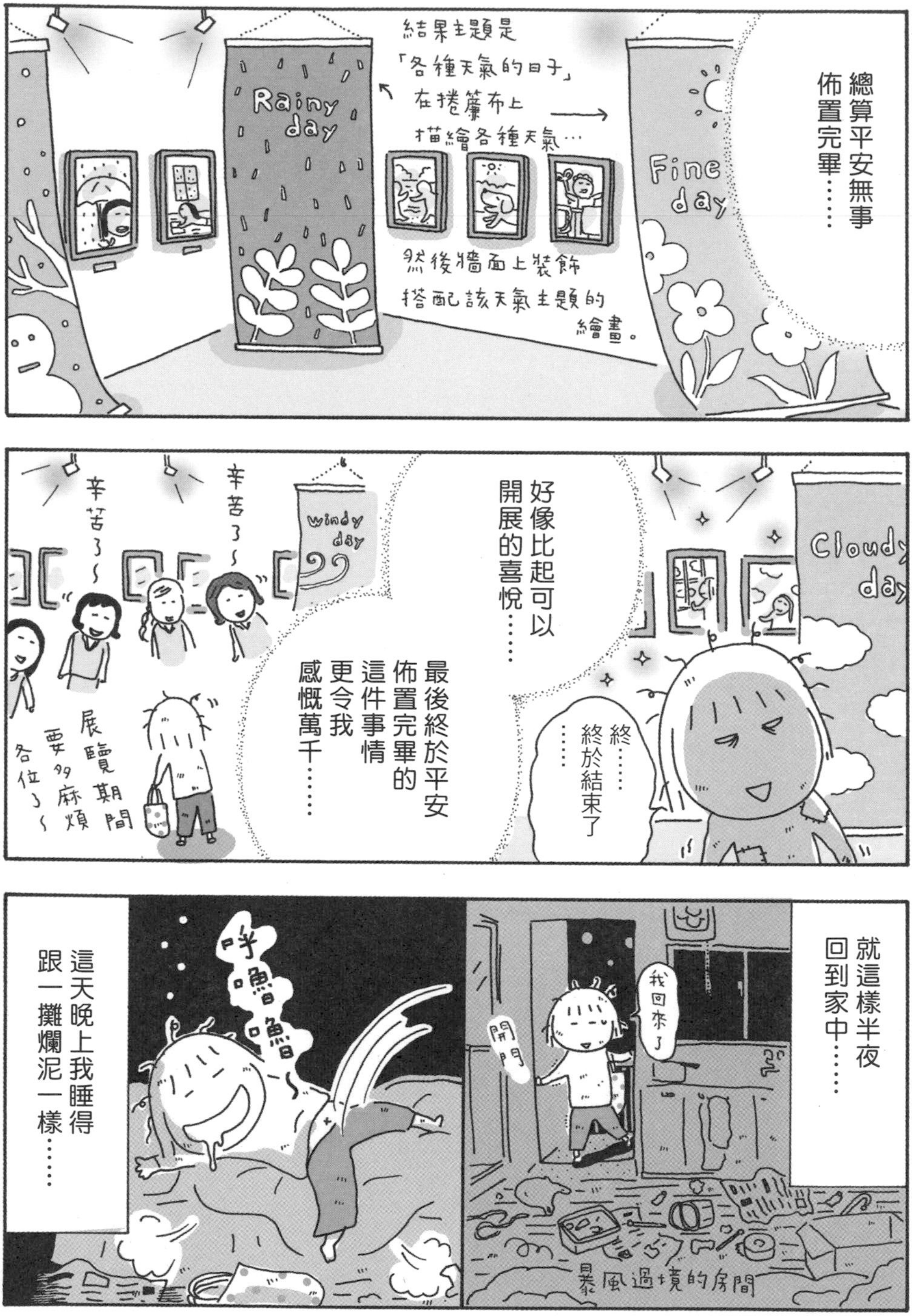
總算平安無事佈置完畢……
結果主題是「各種天氣的日子」
在捲簾布上描繪各種天氣…
然後牆面上裝飾搭配該天氣主題的繪畫。
Rainy day
Fine day
好像比起可以開展的喜悅……
最後終於平安佈置完畢的這件事情更令我感慨萬千……
終……終於結束了……
辛苦了~
辛苦了~
展覽期間要多麻煩各位了~
windy day
Cloudy day
就這樣半夜回到家中……
我回來了
開門
暴風過境的房間
這天晚上我睡得跟一攤爛泥一樣……
呼嚕嚕

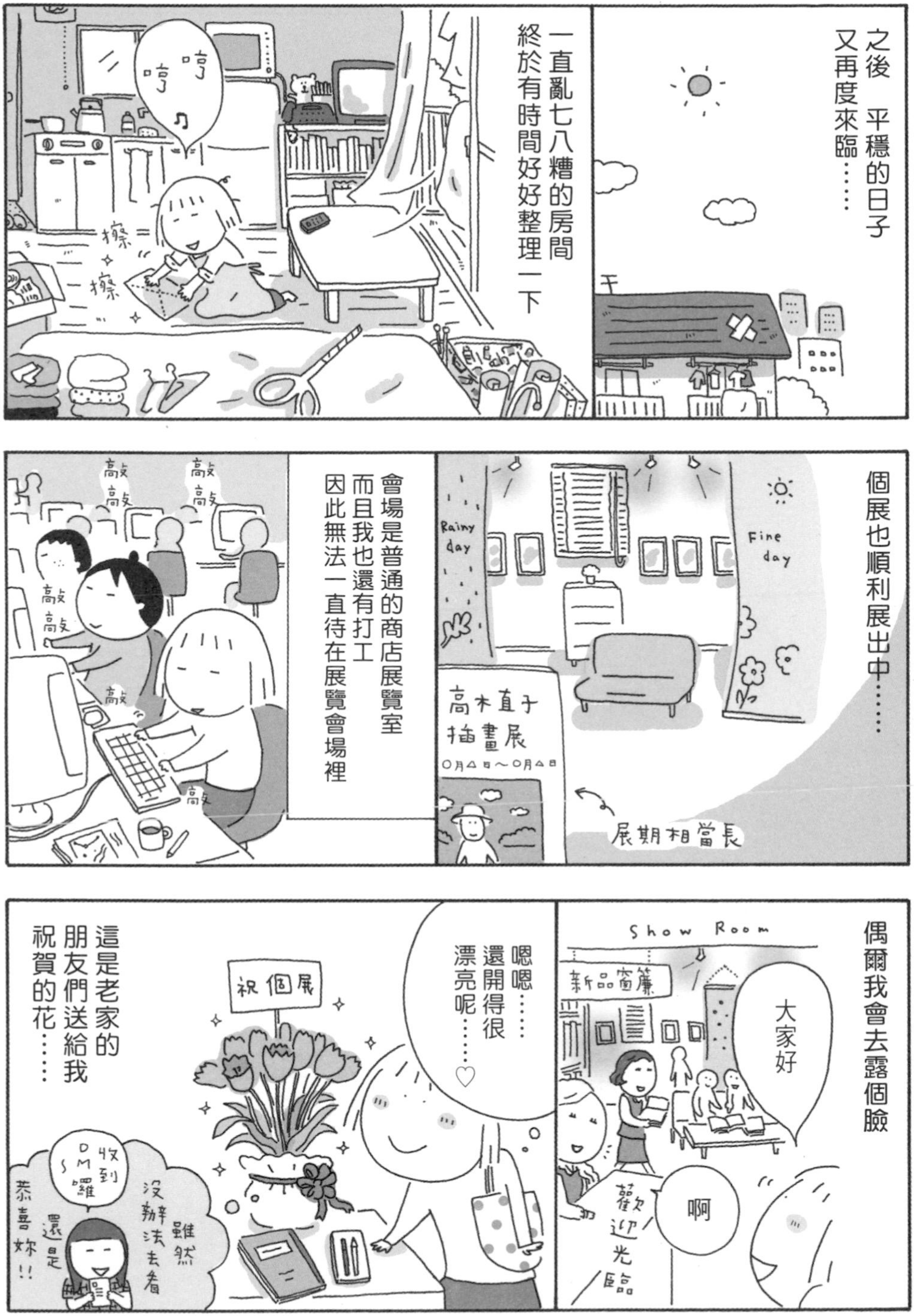
之後 平穩的日子又再度來臨……
一直亂七八糟的房間終於有時間好好整理一下
哼哼♪
擦
擦
個展也順利展出中……
Fine day
Rainy day
高木直子 插畫展
○月△日～○月△日
展期相當長
會場是普通的商店展覽室 而且我也還有打工 因此無法一直待在展覽會場裡
敲敲
敲敲
敲敲
敲
敲
偶爾我會去露個臉
Show Room
新品窗簾
大家好
啊
歡迎光臨
這是老家的朋友們送給我祝賀的花……
嗯嗯……還開得很漂亮呢……♡
祝個展
收到DM囉
雖然沒辦法去看 還是恭喜妳!!

然後 簽到簿 確認一下會場上的
簽到簿
如果方便的話 請留下大名和感想
高木直子
噗通 噗通
啊 早上打工的同事小島小姐來看展了~
這麼說來
今天會去看展唷
她昨天是這麼說
啊 還有雖然不認識 但也有幾個人寫了感想耶~♡
這時候看到感想是多麼令人高興的一件事情
只是剛好過來看看 發現用色很漂亮 非常棒呢~
江戶川區 飯田仁美
橫浜市 玉田
新宿区 通山
很棒
コジマ
GOOD!!
緊緊握著
啊 高木小姐在!!
太好了
哈囉 我們來看了~
插畫學校的同學
啊 大家一起來呀~
恭喜妳開個展!! 這是大家送妳的祝賀禮物~♡
是餅乾唷~
妳真的很努力畫了這麼多畫耶~
在這麼短的時間內……
哇!真是太謝謝妳們了!!
那我們慢慢地參觀~
嗯~
哇!還畫在窗簾上耶~
就這樣 個展的期間也漸漸過去了

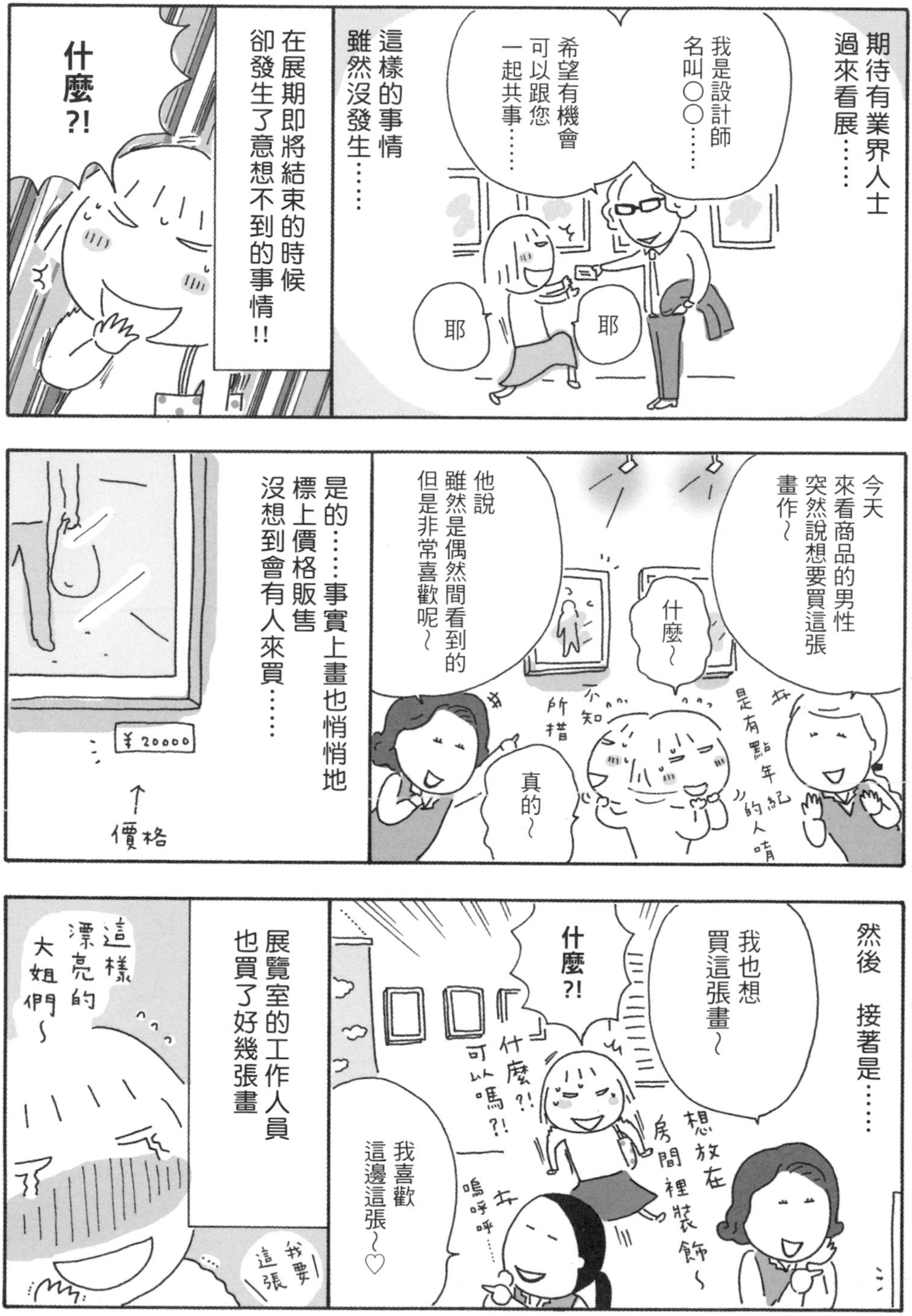
期待有業界人士過來看展……
我是設計師名叫○○……
希望有機會可以跟您一起共事……
耶
耶
這樣的事情雖然沒發生……
在展期即將結束的時候卻發生了意想不到的事情!!
什麼?!
今天來看商品的男性突然說想要買這張畫作～
他說雖然是偶然間看到的但是非常喜歡呢～
什麼～
是有點年紀的人唷
不知所措
真的～
是的……事實上畫也悄悄地標上價格販售沒想到會有人來買……
¥20000
價格
然後 接著是……
我也想買這張畫～
什麼?!
什麼?!可以嗎?!
想放在房間裡裝飾～
我喜歡這邊這張～♡
嗚呼呼……
展覽室的工作人員也買了好幾張畫
這樣漂亮的大姐們～
我要這張

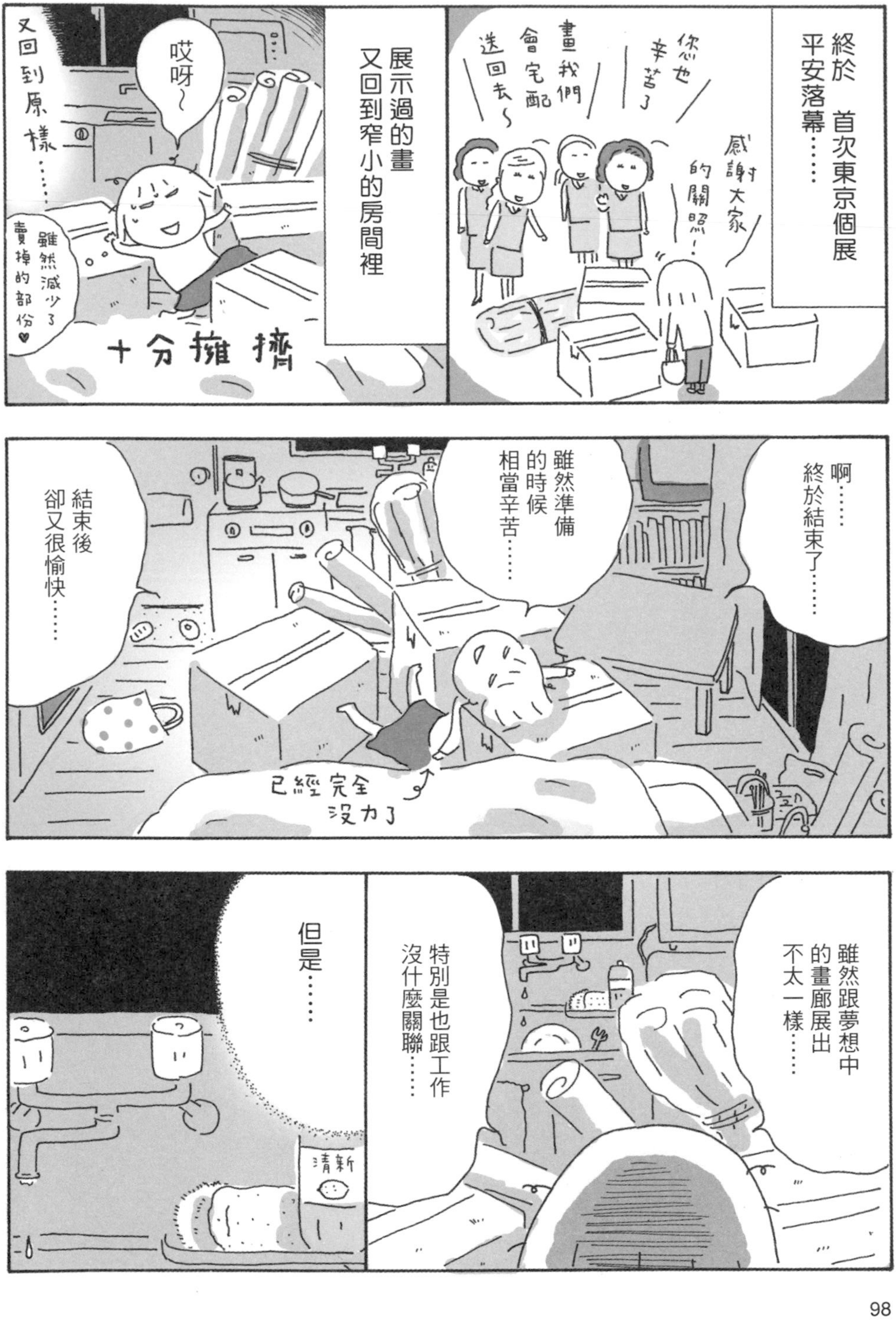
終於 首次東京個展平安落幕……
感謝大家的關照！
您也辛苦了
畫我們會宅配送回去～
展示過的畫又回到窄小的房間裡
哎呀～
又回到原樣……
雖然減少了賣掉的部份♥
十分擁擠
啊……終於結束了……
雖然準備的時候相當辛苦……
結束後卻又很愉快……
已經完全沒力了
雖然跟夢想中的畫廊展出不太一樣……
特別是也跟工作沒什麼關聯……
但是……
清新

來到東京以後認識的人
來參觀了……

很棒呢～

啊啊～我昨天去看過了唷～

老家的朋友們
還送花來……

祝個展

恭喜～

也有人想要
買我的畫……

跟我商量個展的
人也買了一張畫

沒什麼計畫
連認識的人也沒有
就一個人來東京

嗚嗚

面試又失敗了～

想起連打工也沒著落
哭泣著的自己……

想想 其實自己也不是
沒有拚了命在努力……

幹得好 幹得好

真乖……

自己誇獎
自己之圖

就這樣 暫時休息了一下
託賣了畫之福
有了臨時收入……

10000

10000

10000

10000

10000

打工也請了假

夜間巴士

回去一趟久違的老家

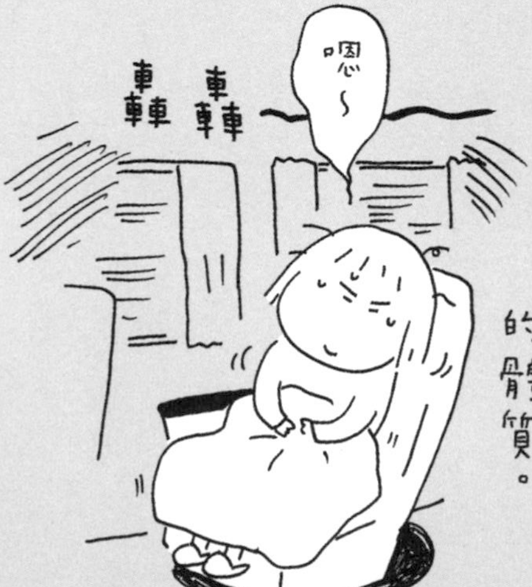

在夜間巴士裡
幾乎無法入睡
的體質。

第 24 回

久違的老家

搭乘東京出發的夜間巴士
早上就到老家的車站
一下車的我……
啾 啾
東京→三重
哇~~
見到好久不見的老家街景
首先想到的是……
啾…
空——曠
銘酒 宮之雪
三重銀行
覺得……
街道好空曠!?
而且還是車站前面!!
這個車站前面有這麼空嗎?
飯店
噗 噗~
嗯
啊 爸爸 真不好意思 要你這麼早來~
食堂
爸爸到車站來接我

然後一路從車站開到家裡……
這條小時候應該走過幾千幾百次的路……
最近JUSCO改裝了唷~
再度經過 總有種不可思議的感覺
然後回到老家……
哇~牧克 牧克~
我先把行李搬進去
你好不好？我好想念你呀!!
ムク
首先跟我養的小狗感人熱淚再相見之後……
啊 直子妳回來啦~
還有飯要吃嗎？
要吃!!
太……太好吃了!!
大口
大口
大口
好久沒吃到家裡的米飯……♡

我們家的米飯有這麼好吃嗎？
大口
大口
這個飯是新米做的好吃吧？
農家的人送來的
這個醃白菜也是直子喜歡吃的所以爸爸昨天去市場買回來的~
如果想吃的話還有梅子乾唷~
呼~我們家的飯真是最好吃的~♡
翻身
打嗝
還有蘋果唷
放
啊 直子妳回來啦~
早
啊 姊姊還有弟弟……
我得要去公司上班了晚上見啦
掰掰
有看到工作服嗎？
差不多該出門了
可能還在外頭晾著~
嗯
家人陸陸續續出門去上班了家裡只有我一個人……
大家慢走
和狗
悠哉
悠哉
噗~

那麼 就來
家中探險一下吧……
啊 有好吃的饅頭耶♡
好像是有什麼慶祝的事情嗎？
等下來吃
哦
那裡有一堆水果耶～♡
打開
優格
竹輪
布丁
500ml
滿滿滿
BEER
BEER
蛋捲蛋糕
維也納
冰箱裡食物堆得滿滿的!!
哇啊～
在東京的我
唉～什麼都沒有
真厲害……
老家裡面堆滿了食物……
太奢侈了……
布丁
POTATO CHIPS
壽
回到我自己的房間看看～
嘿嘿
2樓
啪
說是這麼說
但自己以前的房間
現在已經變成弟弟的了

喔……
我可愛的房間
已經完全變成
臭男生弟弟的房間了
嗚
有菸臭味……
呵呵
還放了
沙發呀～
men's
Boom
GAME
然後到隔壁姊姊的房裡
ROOM
嘿嘿
哦
姊姊還是買
看起來
很貴的衣服～
哦
這個袋子
也是名牌咧～
啾～
還有可愛的項鍊
我來戴戴看……～
嘿嘿嘿
還有好像很貴的
化妝品～
哪個哪個……
東看西看加上
夜間巴士的疲勞
就睡著了……
在久違的老家
很快就睡著了……
呼
姊姊的床

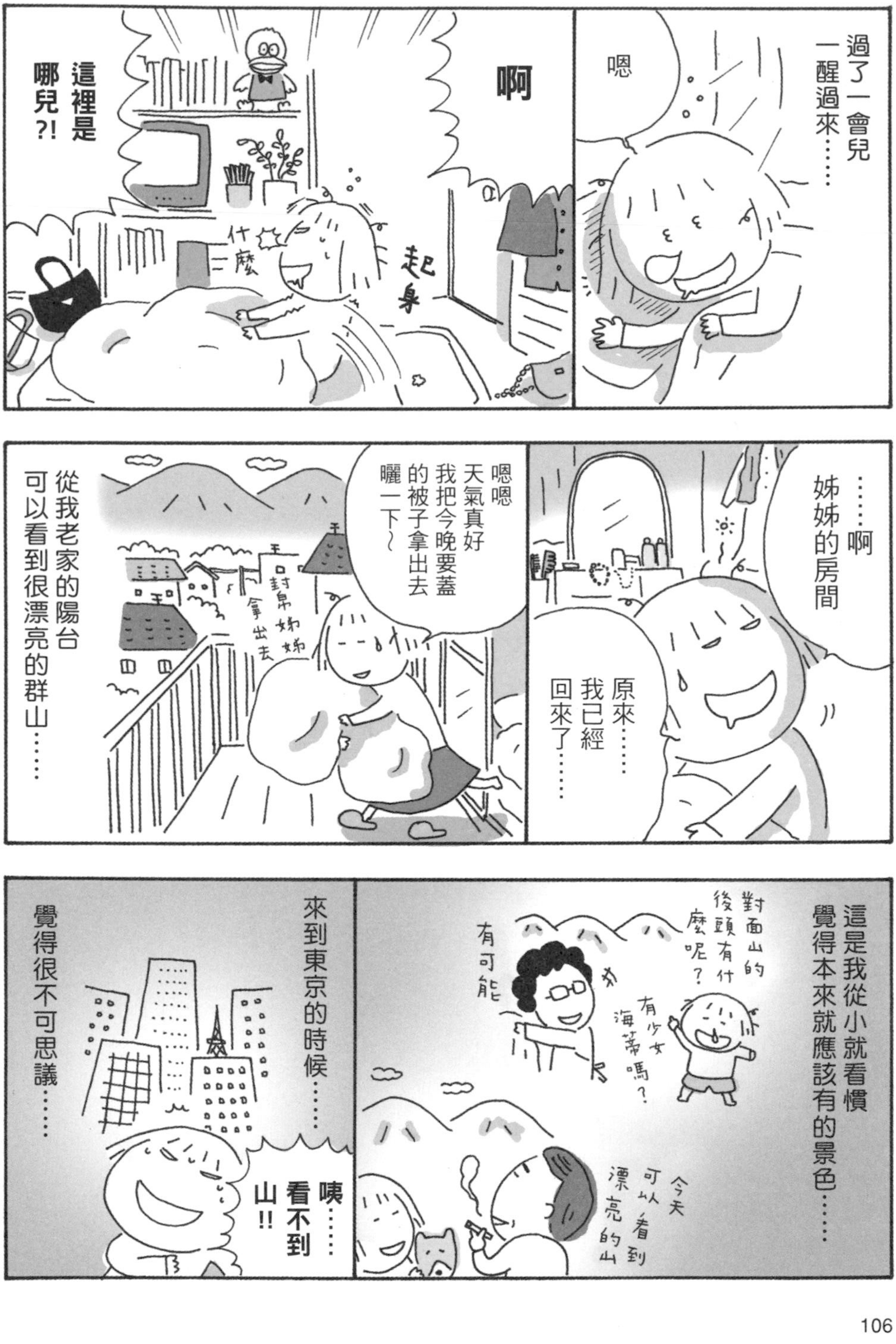
過了一會兒
一醒過來……
嗯
啊
什麼
起身
這裡是哪兒?!
……啊
姊姊的房間
原來……
我已經
回來了……
嗯嗯
天氣真好
我把今晚要蓋
的被子拿出去
曬一下~
幫姊姊拿出去
從我老家的陽台
可以看到很漂亮的群山……
這是我從小就看慣
覺得本來就應該有的景色……
對面山的後頭有什麼呢?
有可能
有少女海蒂嗎?
今天可以看到漂亮的山
來到東京的時候……
咦……
看不到山!!
覺得很不可思議……

我其實也沒有想太多……
……
對我來說 就是喜歡這風景……
現在更是這麼認為……
東摸西摸時間就過去了 傍晚 家人都從工作崗位回來了
噗~
我回來了
直子
晚上想吃什麼~
啊？
笑
從我媽媽口中出現的台詞 是我還住在老家的時候 從沒聽過的話
說到直子喜歡吃的東西 應該是生魚片吧~
手捲壽司不行嗎？
要不要一起去超市買生魚片回來呢？
JUSCO!!
哦……
嗯……
好像對好久沒回家的我……
要不要買這個？
這麼貴的沒關係嗎？
中鮪!!
家人們稍微比平常更溫柔……

那種感覺很舒服……
也不好意思……
哇哈哈
然後 吃完晚飯後……
噗~噗~
啊來了!!
老家的朋友小M來接我
哇~好久不見
汪汪
不好意思只有這麼晚才有時間來見妳~
最近工作忙翻了~
不管是來我家或是去喝茶……
沒有車是去不了的
fami res
對~個展的時候謝謝妳送的花
嗯嗯
我跟小M從國中開始我們是同年級……
東京怎樣呢?
沒有~都是在拚命打工啊~
MENU
有沒有看到什麼明星?
最近有看到內田光良唷~
以前是一起夢想當漫畫家的夥伴……
2人一起出道
小M也很會畫畫

現在一人在老家的公司上班……
對了最近那個○○○奉子成婚了～
什麼是○○?!
還有△△君他呀～
另一個人在東京過著無聊的打工族生活
呵哈哈
差不多該回去了
啊……已經這麼晚了～
總共1760圓
啊不用不用這頓我來請～
咦？
可是……
在東京生活很不容易吧～
回來一趟也要花不少錢吧～
呵呵呵今天就讓我請客吧～
……
雖然是自己住慣了的地方但現在已經不再是居民
不好意思～那麼有一天我一定回請妳～
好～一定一定
嘿嘿嘿
而是像客人一樣……
這麼一想心中便湧現出感傷的心情……
姊姊可以在這裡鋪棉被嗎～
沒有睡覺的房間
這……好吧～

就這樣 在老家平穩快樂的日子也……
好久沒吃到的燒肉~
在一瞬間就過去了……
高中網球部同學會
哇哈哈
哇哈哈
哇哈哈
哇哈哈
今天是必須要搭夜間巴士回東京的日子……
……
收拾行李
直子妳還會從東京回來吧~
怎樣？東京的生活還習慣嗎？
啊……嗯……這個……
NEWS
POTATO
JUSCO
雖然爸媽都沒有特別說什麼……
果然東京那裡比較熱鬧比較開心嗎？
……
像是希望妳搬回來住什麼的~之類的話……
但是這裡也很好呀~
……
默默透露出來

然後 又是爸爸送我到巴士站去搭車……
不好意思……
……
噗~~
……啊~~直子呀~~
這給妳~
扔
嗯？
零用錢
咦?! 這……這好嗎~
這種事情……
沒關係拿去~
……
拿爸爸給我的零用錢回東京……
……
三重 ←→ 東京
噗~~
信封中……放了10萬圓現金……
零用錢
父
……

老家的同學們都已經在公司認真上班……
開車上班
安全
肉
已經是會拿錢給家裡的年紀了……
家用？
每個月要給3萬圓唷～
……小M上班
像我這樣 打工過日子的生活……
……
轟轟
都一把年紀了還拿零用錢……
不是「零佣錢」是「零用錢」啦 爸爸
好～我要在東京奮鬥目標是成為一名插畫家!!
為什麼我還要讓爸媽替我來擔這種心呢……
如果回東京也搞不出啥名堂怎麼辦……
轟轟
緊握
但是……到那時候在那時候……一定……
噗～
還可以再回到這裡能回來吧……
三重交通

然後 又要開始每日的東京生活了
回老家一趟結果是……
哎呀~竟然胖了2公斤~
下垂
這樣不計後果又沒自信的我可以在東京不斷努力下去……
大家早上好!!
早安啊~
是因為我有可以回去的地方……
您的法國吐司讓您久等了~
而且這是讓人非常感謝的事情……
故鄉呀~在那遙遠的地方……吧♪
而且 我從爸爸那裡拿到了讓人感動的零用錢……
盯
加上賣掉畫的錢還有存款……
終於買了夢寐以求的電腦了!
鏘
iMac
爸爸對不起!!
馬上就用掉了

因為剛好遇上
電腦出新款
舊型號降價的時候……

……這麼想
然後就毫不猶豫買了。

第 25 回

來製作網頁吧

我那破爛的家裡
也終於有了電腦了!!
但是……
沉——默
……
在電腦前
我像塊木頭……
把電視換掉
梯子
iMac

心想……
要快點來製作網頁……
還興致勃勃買了書來看……
簡單
HTML入門!!
簡單
只要這本就能學會網路製作
※但卻沒有錢買網頁製作所需的軟體
首先
打出〈HTML〉
還有Tag……
Tag……
什麼是
Tag？
Directory？
FTP傳送？
怎麼辦呀？
這又是一堆天書文字……
HTML入門

為了連接網路
也跟網路連線供應商簽約
這時候還是電話線傳輸的時代
使用電話線
連接網路
咻~嗶啵唄啵
咖~嗶嗶
沙~
很怪的連線聲
還加入「吃到飽」服務……
上網吃到飽
支付一定費用的話
指定的兩個電話號碼
從23點到隔天早上8點
通話不計費，這種服務。
也就是說
這時間內
上網不計費!!
因為這時間之外上網的話
通話費還要另計
嗯嗯……
iMac
電話費……
所以嚇得不敢上網……
所以白天都是這種狀態……
超連結?
……
喃喃
絕對位址?
自語
喃喃
HTML
喃喃自語
桌面?
自語
然後晚上去
資料輸入的地方打工……
資訊中心
噠
噠
噠
哎呀~
直子小姐
妳也讀
這種書呀~
HTML入門
啊……嗯
我想要試著
做網站看看……
在電車中
也會讀

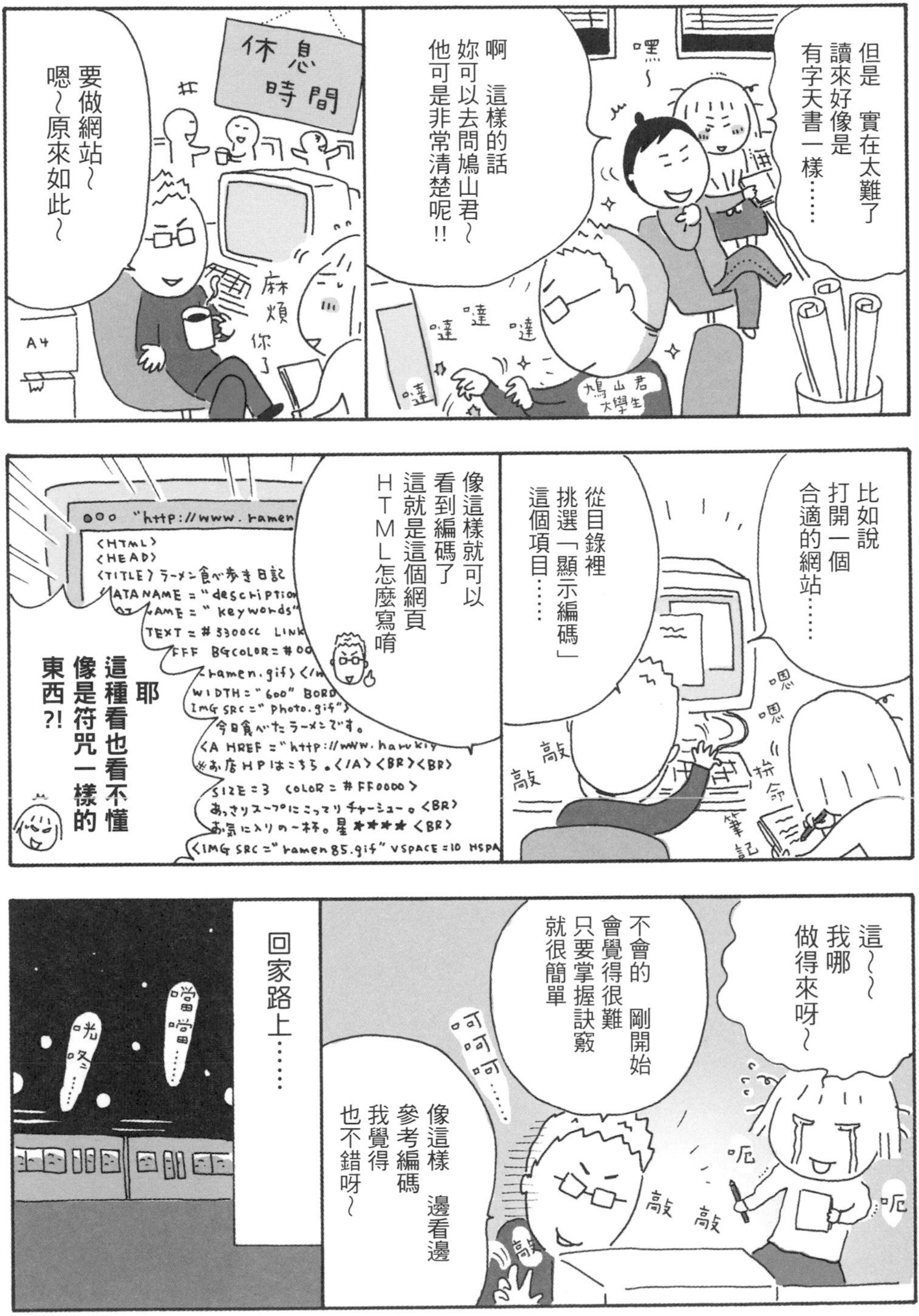
但是 實在太難了 讀來好像是 有字天書一樣……
嘿～
噠 噠 噠 噠
鳩山君 大學生
啊 這樣的話 妳可以去問鳩山君～ 他可是非常清楚呢!!
休息時間
要做網站～ 嗯～原來如此～
麻煩你了
A4
比如說 打開一個 合適的網站……
從目錄裡 挑選「顯示編碼」 這個項目……
嗯嗯
拚命筆記
敲 敲
像這樣就可以 看到編碼了 這就是這個網頁 HTML怎麼寫唷
ooo "http://www.ramen
<HTML>
<HEAD>
<TITLE>ラーメン食べ歩き日記
ATANAME="descriptio
AME="keywords"
TEXT=#3300CC LINK
FFF BGCOLOR=#00
ramen.gif"></
WIDTH="600" BORD
IMG SRC="photo.gif">
今日食べたラーメンです。
<A HREF="http://www.harukiy
※お店HPはこちら。</A>

SIZE=3 COLOR=#FF0000>
あっさりスープにこってりチャーシュー。
お気に入りの一杯。星★★★★
<IMG SRC="ramen85.gif" VSPACE=10 HSPA
耶 這種看也看不懂 像是符咒一樣的 東西?!
這～～ 我哪 做得來呀～
不會的 剛開始 會覺得很難 只要掌握訣竅 就很簡單
呵呵呵……
像這樣 邊看邊 參考編碼 我覺得 也不錯呀～
呃… 呃
敲 敲 敲
回家路上……
噹噹……
咣咚……

又來到平日的電腦店前面
電腦館
印表機
周邊機器特賣
休息中
哦嘿嘿嘿……
對了對了~我要把插圖放進去絕對是需要掃描器啦~
可以的話印表機或是數位相機也想買……
最新掃描器
高速印表機
特別推薦
只買了電腦主體但是周邊設備完全沒下手的我……
但是光是買主機就花掉了不少錢……
咚
咚
喂喂喂……
開
而且網路連線還有上網吃到飽的費用也還要付……
說著說著就到了上網吃到飽時間了♡
好的連線連線……♡
奔跑
可是一過了晚上11點大家都拚命地想上網去……
快來看看別人的編碼，我也來學人家做~
嘿嘿嘿♡
嗶波
唄波
嗶波
嗶
嗶
嗶
↑被稱之為上網吃到飽現象……
但是線路負荷過重很難連上網的狀況常會發生……
搞什麼~又失敗了!!
現在無法連接……
感覺上我的網頁製作前途多災多難……

但是我還是在深夜裡
持續學習怎麼
製作網頁……
吃到飽時間
終於連上了……
噠
噠
噠
早上去打工……
html
head
body
中午回家午睡……
呼～
去資料輸入打工……
不好意思 我又有問題要請教
啊……嗯……
做了網頁
馬上就會有
工作從那裡來嗎……
點頭點頭
筆記
FTP是傳送檔案使用
使用MAC時～
敲
敲
敲
我想事情其實
沒有那麼簡單……
但是 如果可以多
一點點可能性
就先去試試看吧……
喀噹……
問是問了 但還是不明白意思……
喀噹……
筆記
因為有這樣的信念
所以每天都過著
跟電腦格鬥的日子……
啊～啊 還是一點兒 都搞不懂呀～
腸枯
思竭
汪嗚～

然後 我把打工的錢存下來……
鏘～
總算買了一台掃描器!!
店裡最便宜的機種
¥8900
掃描器
哦哦 我的插畫可以掃進去了!!
啪～～
嗡嗡
哇～～讚啦!!
網頁製作方面也獲得很大的幫助漸漸有了雛形……
妳看 這樣的話就可以從伺服器傳送檔案了～
哇～～
結果到家裡出差來幫忙
終於網站開張了!!
Takagi Naoko's Home Page
歡迎光臨
PROFILE
ILLUST
MAIL
imac
做……做好了!!
嗚嗚…… 辛苦了兩個月……
終於等到這一天了……
總之
萬歲～
萬歲～
設想中的網站架設完成了 但是生活裡還沒什麼太大的變化

大概 來看的人
一天也只有幾個人而已……
我去看了
妳的網站~
插畫學校的同學
我也看了~
很厲害~
謝謝~
而且都是身邊
認識的熟人……
去看了~
終於做出來了
妳的網站~
嗯 總算
做出來了……
但是
看了幾次
都沒有變化
就會很無聊了
都是同樣的東西
網站這種東西
如果沒有不斷地
更新情報的話~
咦
啥~~
妳就再做點
有趣的東西吧~
嗯 哦……
然後 就為了不讓
這一點點的瀏覽者
也跑掉……
就先試著開始進行
日記專欄的連載
說是這麼說 但是
其實沒有什麼特別
想寫的東西……
這個嘛……
○月△日星期X……
噠 噠
今天打工回來
做了豬肉韓國
泡菜烏龍麵……
雖然很好吃
現在房間裡都是泡菜
的味道
等等……
……寫這種日記
會有人
來讀嗎？
嗯嗯^^
傳送
噠 噠

可是 這樣開始的 日記專欄也不受好評
日記 是不壞啦～ 但是沒有什麼 讓人眼睛一亮 的東西～
一點也不 稀奇？
哦
呃
嗯嗯～ 沒錯沒錯 好歹妳會畫圖 為什麼不配點 圖看看呢？
妳也有 掃描器
這…… 這樣…… 圖嗎……
……因此 就變成了 塗鴉日記專欄
○月△日星期X（晴）
吃飯的時候，一不小心就快把茶弄倒了
慌慌張張去攔住杯子
卻反而把味噌湯打翻了。
如果是茶弄倒了，還比較好清理啊～。
哎呀～
潑了一地
○月△日星期X（陰而後晴）
在附近發現可愛的小貓。
我很想跟牠做朋友，但是今天
也被牠嫌「囉唆」地逃掉了。
嘖 嘖 嘖
乖 乖
呿
啊哈哈……確實 加圖上去的話 會更加有趣～♡
這個…… 沒什麼目的性開始的 塗鴉日記 後來卻 大大地改變了 我的東京生活……
差不多 也該睡覺 了吧～
這時候的我 還不知道 接下來會 發生的事情

如果發生地震的話有危險的……
打呼~
配置圖

第 26 回
春天終於又來了

接著　歲月流逝
到了2002年春天——
我剛好在春天到東京
這是第5次
在東京看到櫻花盛開
對我來說　日子還是跟
平常一樣……

其中生活
當然有點小小的變化
咦
桃山先生
?!
就是說啊
要帶著
太太和小孩
回到青森老家
去～
好像是
夢想著
有一天要回
故鄉去開店～
哦……這樣～
桃山先生也是長男～

首先
早上打工的餐廳廚師
桃山先生要辭職了……
呃?!
沉
接下來就看不到他了
喂
高木!!
妳這傢伙未來想拿畫畫當工作的事情進行得怎樣了?!
驚嚇
啊……是的
嗯……這個
這個嘛……
要畫畫當飯吃也不是一件那麼簡單的事情吧~
那麼怎麼不找找有沒有人可以結婚養妳呢?
咦?!
這……說什麼要找養我的人沒這種事~
呃呵呵
呵~
……這看起來也有點困難
可……可是 插畫的工作會怎樣還不曉得
我想還可以再努力一陣子吧……
真不曉得~
妳這傢伙繼續在東京生活下去會變得怎樣~
啪打
總之……
飯要好好的吃啦
留下了這些話
桃山先生
就回故鄉去了……

之後過了不久
夜間的資料輸入工作問我
想不想轉成白天班……
不是打工性質
而是兼差從業員
妳覺得怎樣呢？
上司
現在我把早上的打工辭掉
只專心做資料輸入的工作
星期一～星期五上班
算……是升職嗎？
噠
噠
噠
但是時薪卻沒有什麼變化……
最初難如登天的這份工作
現在也已經很習慣了……
就是那裡
先要打出指令
最近也開始指導
新加入的工讀生
新人
工作沒什麼改變也還過得去……
哈囉 今天要不要喝一杯再回去？
卡嚓
哇
要去要去～♡
快樂的地方也還是一樣……
關東煮
白蘿蔔
魚板
蒟蒻
牛心
刺身
哇哈哈
哇哈哈
乾杯
乾杯
但是
這樣下去好嗎……
我總是
不斷不斷想著
哇哈哈

當然那之後
也還繼續創作畫作
塗塗
從拚命做出來的網站上
傳來了插圖的委託工作……
哇～
是委託工作的
郵件耶!!
好耶!!
但是 這種事情
真的是很偶爾才會發生
使用一張圖♡
專輯
爸爸加油吧
50歲以後
© TAKAGI NAOKO
當然 這些
還不足以支撐生活開銷……
想想剛到東京時……
好的!!
3年後
在21世紀前
一定要闖出名堂!!
97年
曾發過這樣的豪語……
不知不覺 已經
進入了21世紀……
呃……
啊……
有點
喝醉了～
呃……
我也已經28歲了

我這是在幹什麼呀～
搖搖
晃晃
你說說～～～♡
驚
啊～啊
好煩呀～
摩擦
水泥的觸感好舒服唷～
咪
要怎麼辦啊……
難道就這樣在東京繼續生活下去嗎……
還是努力到30歲為止呢？
啊
還是不管它就做到我高興為止呢？
啊啊 神啊……
我沒有請求你要實現我的夢想……
只想問 這個樣子繼續下去好呢……
還是已經看到了極限應該回到故鄉去才對呢……

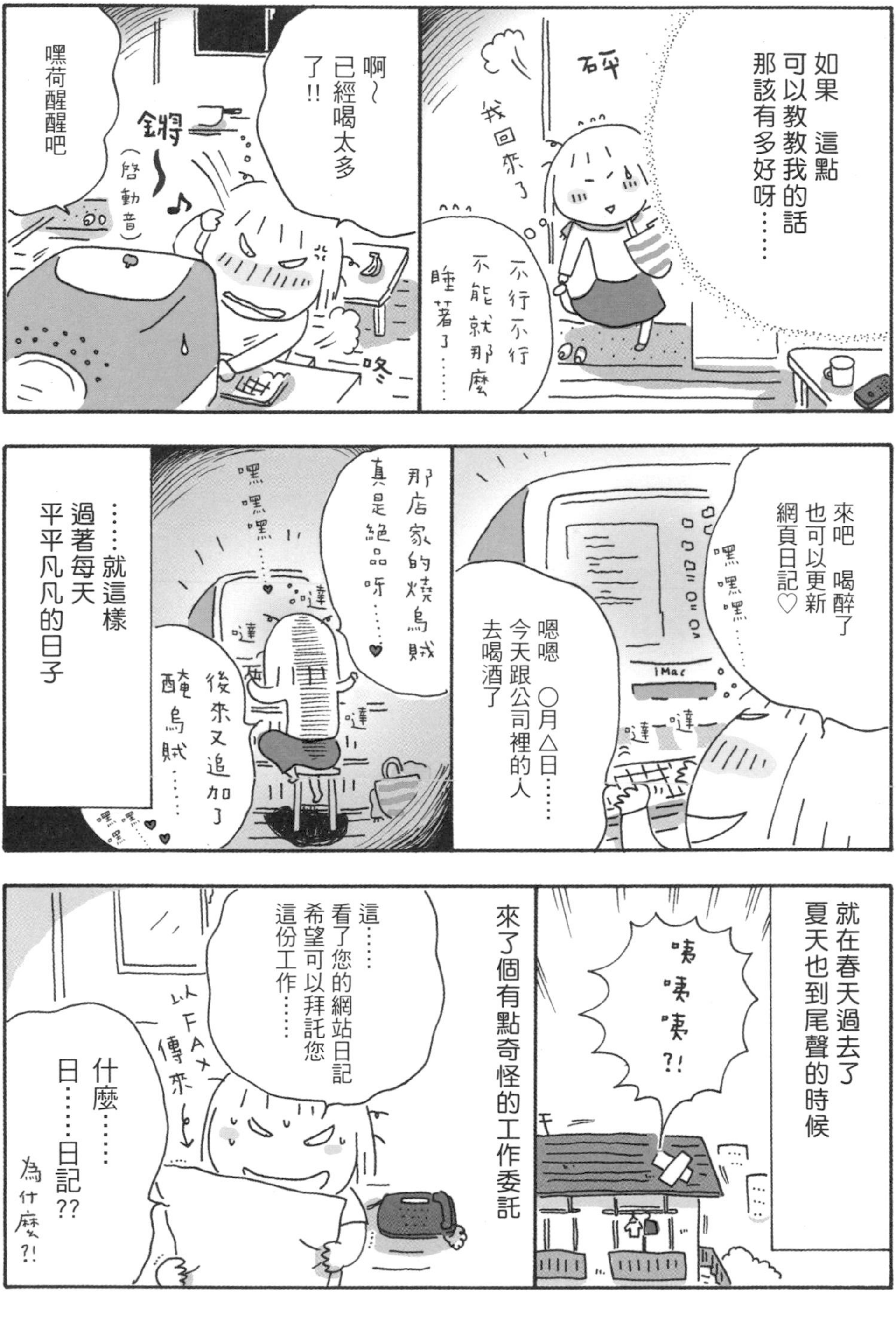
如果 這點
可以教教我的話
那該有多好呀……
砰
我回來了
不行不行 不能就那麼 睡著了……
啊~ 已經喝太多了!!
鏘~♪
(啟動音)
咚
嘿荷醒醒吧
來吧 喝醉了 也可以更新 網頁日記♡
嘿嘿嘿……
嗯嗯 ○月△日…… 今天跟公司裡的人 去喝酒了
iMac
達 達
那店家的燒烏賊 真是絕品吶……♥
嘿嘿嘿……♥
達 達 達
後來又追加了 醃烏賊……
……就這樣 過著每天 平平凡凡的日子
嘿嘿嘿♥
就在春天過去了 夏天也到尾聲的時候
咦咦咦?!
來了個有點奇怪的工作委託
這…… 看了您的網站日記 希望可以拜託您 這份工作……
以FAX傳來
什麼…… 日……日記??
為什麼?!

因為我在隨心所欲亂寫的
日記專欄裡
在某天的日記裡曾經寫過
「因為身高太矮
換燈管很辛苦」
這樣的事情……
○月△日 晴天
嗯～
椅
桌
我的身高只有150公分要換燈管的時候會搆不到，非常辛苦。站在椅子上伸直了腰桿還是摸不著邊，只好再追加張桌子
聯絡我的人
據說是看了這篇日記的
出版社編輯
這種畫出矮個子女孩
心情的圖畫散文
要不要試著
出成一本書呢？
什麼?!
哇
首先在咖啡店碰了面
不……不太好吧
那個日記
只是興趣
隨便寫寫的
如果出成書
不會太無聊嗎～
哈呵呵
沒問題的～
嚇了一跳
不管是圖或文章
就用那個日記裡的
那種氣氛
就可以囉～
流口水
所以……
那真的
很不錯呢～
好
接了一個連自己都
沒有想像過的工作……
接……
受這份工作
是不錯……
也真的
可以畫畫……
TOYU

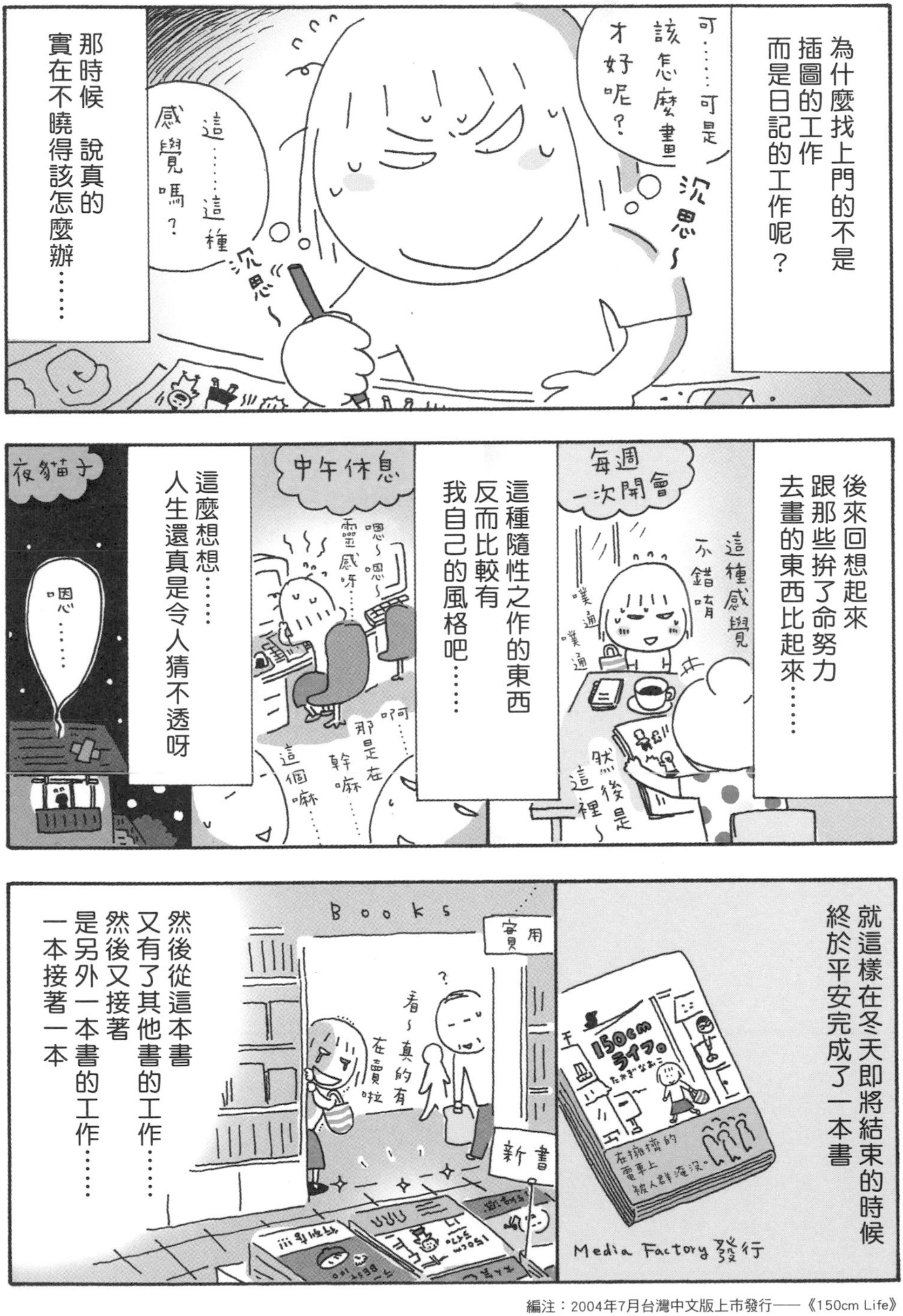
為什麼找上門的不是
插圖的工作
而是日記的工作呢？
可……可是
該怎麼畫
才好呢？
沉思~
這……這種
感覺嗎？
沉思~
那時候 說真的
實在不曉得該怎麼辦……
後來回想起來
跟那些拚了命努力
去畫的東西比起來……
每週一次開會
這種感覺
不錯唷
噗通 噗通
然後是
這裡~
這種隨性之作的東西
反而比較有
我自己的風格吧……
中午休息
嗯~嗯~
靈感呀……
呵……
那是在
幹嘛
這個嘛……
這麼想想……
人生還真是令人猜不透呀
夜貓子
嗯……
就這樣在冬天即將結束的時候
終於平安完成了一本書
150cm ライフ。
たかぎなおこ
在擁擠的電車上被人群淹沒。
Media Factory發行
Books
實用
新書
?
看~真的有在賣啦
然後從這本書
又有了其他書的工作……
然後又接著
是另外一本書的工作……
一本接著一本

編注：2004年7月台灣中文版上市發行──《150cm Life》

回想起來 一時興起有勇無謀地來到東京……
耶~
有存款了~
兼職的面試又失敗了~
該怎麼辦啊 我……
暗自啜泣
雖然常常不順利 也經歷過許多低潮的時刻……

像這樣 一點也不可靠 看來似乎非常危險 我的生活……
總算 可以說是 落地扎根了吧

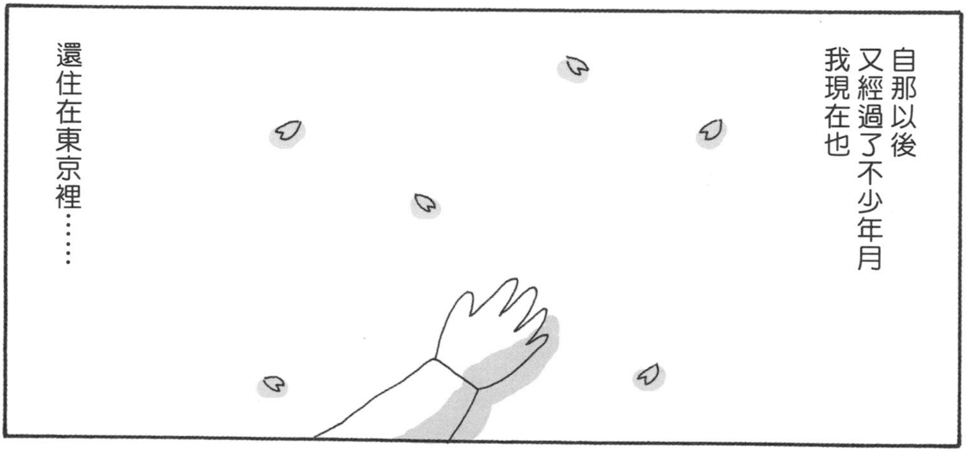
自那以後 又經過了不少年月 我現在也
還住在東京裡……

現在只要一到春天……
啊……今年又會在東京看到櫻花吧……
我就會在心裡默默地想著這件事
完

後記

讀完《一個人漂泊的日子》的各位讀者們，

非常謝謝你。

我到目前為止畫了不少「到東京」「一個人生活」為主題的書，也常收到讀者的來信說，「我也有一天想到東京去」或是「計畫一個人生活中」這樣的內容，除了很高興能收到這樣的來信，另外自己忍不住擔心、想像著，之後這些讀者們真的實行了，會不會很辛苦，半途就過不下去之類的事情。

像我這樣毫無計畫、相當危險地就到東京來之人應該很少，我覺得應該有某種程度的計畫再來東京比較妥當，或是先有一部分儲蓄之類的，如果沒有法子辦到，很容易陷入低潮裡，

我想心裡也要有所準備，

就畫了這兩本書。

還有就是對於現在已經生活在東京的讀者，
要跟他們說，沒關係總有辦法的心情來畫這兩本書的。

到目前為止我遇過很多懷抱夢想的人，
有人朝著一個夢想前進實現願望，
也有人因為生活緣故開始進行副業，結果發現副業
才該是自己的本業。有人發現自己比較適合老家，
就回故鄉去了。
有人跟打工相識的人戀愛，組成了幸福的家庭，
也有毫不焦急一直以自己的步調努力著的人……
一樣米養百樣人，總有一天會找到適合自己的地方
不是嗎？

我自己當初想當名插畫家，卻做了有點不太一樣的
圖文作家，現在也很開心地接著工作。
自己正向著意想不到的方向前進，我常常會想，
這還真不錯呀～

接下來會怎樣呢？
還是漂泊的日子啊……
高木直子
2009年
春
哇～

Titan 068

一個人漂泊的日子 ② 封面新裝版

高木直子◎圖文　陳孟姝◎翻譯

出版者：大田出版有限公司
台北市10445中山區中山北路二段26巷2號2樓
E-mail：titan@www.morningstar.com.tw　http：//www.titan3.com.tw
編輯部專線：（02）25621383　傳真：（02）25818761
【如果您對本書或本出版公司有任何意見，歡迎來電】
行政院新聞局版台業字第397號
法律顧問：陳思成律師

填寫線上回函❤
送小禮物

總編輯：莊培園
副總編輯：蔡鳳儀
行銷編輯：張筠和
行政編輯：鄭鈺澐
校對：蘇淑惠／陳佩伶
初版：二〇一〇年九月三十日　定價：320元
封面新裝版：二〇二四年四月一日
E-mail：service@morningstar.com.tw
網路書店 http://www.morningstar.com.tw（晨星網路書店）
讀者專線：04-23595819 # 212
郵政劃撥：15060393（知己圖書股份有限公司）
印刷：上好印刷股份有限公司

國際書碼：978-986-179-863-9　CIP：861.67/113001667